LE MYSTÉRIEUX CORRESPONDANT
ET AUTRES NOUVELLES INÉDITES

suivi de

AUX SOURCES DE LA *RECHERCHE DU TEMPS PERDU*

MARCEL PROUST

LE MYSTÉRIEUX CORRESPONDANT

ET AUTRES NOUVELLES INÉDITES

suivi de

Aux sources de la *Recherche du temps perdu*,

PAR LUC FRAISSE

Textes transcrits, annotés et présentés
par Luc Fraisse,
professeur à l'Université de Strasbourg

Éditions de Fallois

PARIS

Il a été tiré de cet ouvrage.
cent quinze exemplaires sur Vélin Rivoli Blanc
dont cent exemplaires
réservés à la Société des Hôtels Littéraires
numérotés de 1 à 100
et quinze exemplaires hors commerce
numérotés de H.C.I à H.C. XV,
le tout constituant l'édition originale

22, rue La Boétie, 75008 Paris

ISBN 979-10-321-0229-9

NOTE DE L'ÉDITEUR

*Bernard de Fallois avait exprimé formellement l'intention de mettre à la disposition des chercheurs l'ensemble des archives qu'il avait rassemblées dans le cadre de ses travaux personnels sur la genèse d'*À la recherche du temps perdu.

Il s'agissait notamment à ses yeux d'éviter leur dispersion dans quelque salle de vente après sa disparition et de faire connaître plus complètement l'œuvre de Proust.

La présente publication répond donc à sa volonté profonde.

INTRODUCTION

par LUC FRAISSE,
professeur à l'Université de Strasbourg

Il n'est certes pas fréquent d'exhumer des nouvelles écrites par Marcel Proust, dont personne n'avait jamais entendu parler.

En 1978, les éditions Gallimard publiaient en plaquette *L'Indifférent*, que l'éditeur de la correspondance de Proust, Philip Kolb, avait été conduit par les lettres à retrouver dans une revue de la fin du XIXe siècle où elle avait été oubliée, du moins par les lecteurs, car l'écrivain s'en souvenait parfaitement, au moment de composer bien plus tard la partie « Un amour de Swann » du premier volume d'*À la recherche du temps perdu*, *Du côté de chez Swann*.

Le cas est plus spécial aujourd'hui, puisqu'il s'agit d'une série de nouvelles, composées à la même époque que *L'Indifférent*, l'époque des *Plaisirs et les Jours*, mais qui n'ont pas été publiées[1] : leurs manuscrits, à l'état de

[1] À l'exception de « Souvenir d'un capitaine » : voir *infra*, l'introduction à cette nouvelle, dont le manuscrit est pris en compte et présenté ici pour la première fois.

brouillon, Proust les a conservés par-devers lui dans ses archives, sans en parler à personne, du moins d'après l'ensemble des documents qui nous sont aujourd'hui connus.

Que contiennent donc ces nouvelles ? Pourquoi n'en avoir parlé à personne ? Et dans ces conditions d'abord, pourquoi même les avoir écrites ?

Si toutes les énigmes ne peuvent assurément être définitivement levées, on peut grandement avancer dans leur appréhension par les sujets traités, car presque tous ces textes abordent la question de l'homosexualité. Certains, comme des textes déjà connus, transposant la question qui habite Proust dans l'homosexualité féminine. D'autres sans transposition. Ces nouvelles trop parlantes, sans doute en ce temps trop scandaleuses, leur jeune auteur a choisi de les garder secrètes. Mais il avait éprouvé le besoin de les écrire. Elles constituent, presque lisibles à claire-voie, ce *journal intime* que l'écrivain n'a confié à personne.

Ce qui pouvait faire scandale à l'époque de Proust, par rapport à son milieu familial, par rapport à sa société, c'est le fait même de l'homosexualité. Car ces nouvelles ne renferment rien de scabreux, qui susciterait le voyeurisme. Elles approfondissent, par des chemins extraordinairement variés on le verra, le problème *psychologique et moral* de l'homosexualité. Elles exposent une psychologie essentiellement souffrante. Elles n'introduisent pas par effraction dans l'intimité de Proust ; elles donnent à comprendre une expérience humaine.

Issues des archives constituées par Bernard de Fallois, disparu en janvier 2018, elles réclament un peu d'histoire, pour éclairer pourquoi elles sont restées en attente de publication aussi longtemps, et dans quel contexte Proust les a écrites ou ébauchées, puis définitivement soustraites au regard du public, et même de son entourage.

*

Il fut un temps, aujourd'hui bien oublié, où si l'on jetait les yeux sur la destinée littéraire de Marcel Proust, on pensait que cet écrivain avait traversé une vie en somme coupée en deux : une jeunesse passée dans les salons, la fleur à la boutonnière ; puis une maturité dans l'élaboration acharnée d'une grande œuvre dont il avait à peine eu le temps d'entrevoir au loin l'achèvement, au moment de sa mort à cinquante et un ans.

Marcel Proust, l'auteur d'*À la recherche du temps perdu*, ce monument de la littérature française, cette œuvre du patrimoine mondial. Les contemporains l'avaient compris dès la publication échelonnée des derniers volumes, jusqu'à 1927. Mais on avait remis à plus tard d'évaluer la circonférence du cycle romanesque, trop vaste et trop riche pour être assimilé tout de suite. Quoi qu'il en fût, son auteur était mort à la tâche, au même âge que Balzac et un peu pour les mêmes raisons. N'avait-il pas assez inconsidérément attendu, sans presque rien écrire, comme d'ailleurs le héros de la *Recherche* jusqu'au *Temps retrouvé*, le début de son déclin physique pour s'atteler à cette surhumaine entreprise littéraire ?

Car Marcel Proust sans la *Recherche*, en quoi cela aurait-il consisté ? Une œuvrette de jeunesse, *Les Plaisirs et les Jours*, parue à la fin de l'autre siècle et invitant à tourner la page du XXe siècle pour voir d'un coup apparaître le génie littéraire de la grande œuvre. Des traductions de Ruskin, non dénuées de rapports avec le maître ouvrage qui allait suivre, car centrées sur les cathédrales, et sur la lecture. Mais rien de plus. Un livre disparate, un écrivain traducteur.

Le vent commence à tourner au milieu exact du siècle. André Maurois publie aux éditions Hachette, en 1949, un *À la recherche de Marcel Proust* qui donne à respirer l'atmosphère dans laquelle le romancier a évolué jusqu'à son grand œuvre. Le biographe puise dans la correspondance des déclarations suggérant que ce prétendu miraculé des Lettres et de la dernière heure s'est de tout temps et constamment soucié d'écrire. Maurois rencontre un jeune agrégé, Bernard de Fallois, qui voudrait composer, si la Faculté de Paris voulait bien l'accepter, une thèse consacrée à Proust, et dans le sillage de ses propres recherches, il l'introduit chez la nièce de l'écrivain, Suzy Mante-Proust, dévouée comme son défunt père à la postérité de Marcel Proust.

Avant même d'entrouvrir les archives familiales, et plus tard de fouiller les ressources des catalogues de vente, Bernard de Fallois est sceptique devant la possibilité, fût-elle communément admise, de composer d'un coup un monument de la littérature au sortir d'une jeunesse purement oisive. Déjà, les productions antérieures à la *Recherche*, loin de devoir être minimisées, suffisent à suggérer, quand on a le sens des orientations créatrices, une progression continue chez le Proust d'avant Proust, laissant supposer que l'habitué des salons ne ressemble pas du tout à Charles Swann, mais se livre à d'intenses questionnements sur ce qu'il pourrait écrire.

Sous ce jour, les écrits antérieurs à la *Recherche*, depuis *Les Plaisirs et les Jours* (1896) jusqu'à la traduction de *La Bible d'Amiens* (1904) et de *Sésame et les lys* (1906) de John Ruskin, loin d'apparaître comme les scories du grand œuvre, recèlent un foisonnement d'expérimentations littéraires. Ce sont des laboratoires, les textes y palpitent comme de la matière en fusion. Or, leurs dates sont trop espacées pour pouvoir imaginer que l'écrivain en herbe interrompe ses recherches, ses interrogations, remettant chaque fois à une autre année de les reprendre si l'occasion s'en présente. Entre ces réalisations connues, il y a du vide. Un vide certainement dû non à l'inaction du créateur, mais à nos ignorances.

C'est ici que les archives de la famille Proust (elles ne seront déposées à la Bibliothèque nationale qu'en 1962) font apparaître, sous les doigts de ce chercheur aux méthodes et à la persévérance d'un archiviste, des papiers inconnus, qui bientôt font nombre. Un grand roman en pièces détachées, paradoxalement écrit à la troisième personne alors qu'il est si proche de la biographie de l'auteur, dont on peut classer les liasses en suivant la chronologie de vie du personnage qui donnera à l'ensemble son titre, *Jean Santeuil*. Ce grand roman reconstitué, publié chez Gallimard en 1952, est préfacé par André Maurois. Les lettres et papiers environnants montrent qu'il a été composé principalement entre 1895 et 1899. Loin de retomber dans l'inertie, Proust s'était donc attelé à un grand roman alors que le recueil des *Plaisirs et les Jours* n'avait pas encore paru. Tout de suite après, sans relâche, car le roman, tous papiers étiquetés et alignés, est fort volumineux, bien qu'inachevé.

Voilà donc le pont entre *Les Plaisirs et les Jours* et John Ruskin. Mais à présent d'autres papiers, d'autres cahiers se présentent. Ils se placent au seuil de la *Recherche*, autour de 1908, et révèlent que ce cycle romanesque est né en même temps qu'un essai, polémique mais philosophiquement fort argumenté, tourné contre la méthode biographique de Sainte-Beuve. Proust songe parfois à détacher de ses brouillons cet essai, et à le publier à part. Mais la réalité desdits brouillons est tout autre : c'est un essai et un roman *en même temps*.

Cet objet hybride gêne les classifications de la critique – mais non du tout Bernard de Fallois. Il a déjà réinterprété *Les Plaisirs et les Jours*, le livre mal aimé de Marcel Proust parce qu'il n'est pas la *Recherche*, et parce qu'il n'aurait d'unité que la reliure, comme un ensemble au contraire cohérent, certes riche et diversifié, mais où tout se tient, où tout est nécessaire, où tout prépare également la suite. Aussi le découvreur de nouveaux livres de Proust n'est-il pas embarrassé par cet essai de théorie littéraire tournant au roman, où la réfutation en règle de Sainte-Beuve se mêle aux considérations sur les Balzac des Guermantes.

Cet ensemble, non redisposé par des préjugés de lecture, il le met au jour en 1954, sous le titre, parfois suggéré par Proust dans ses lettres de l'époque, de *Contre Sainte-Beuve*. Paradoxe, soulignera-t-il plus tard, de révéler ce pamphlet de Proust contre la critique biographique, au moment où le siècle commençait à se réintéresser à Proust sous l'angle de la biographie ! Moment choisi en revanche, car durant les mêmes années, le règne de l'histoire littéraire, qui abordait les écrivains en les resituant par rapport à ce qui les entoure (leurs lectures, leurs milieux, les écoles littéraires, et bien évidemment toutes les circonstances de leur vie), amorce son déclin au profit d'une école qui demande une lecture des œuvres par elles-mêmes, pour leur structure interne. Quelle aubaine de recevoir la caution de Marcel Proust ! Sans prendre ce train en marche, Bernard de Fallois retiendra, de l'essai qu'il a révélé au public, la leçon principale. Dans ses *Sept conférences sur Marcel Proust*, il demande : La vie de Proust est-elle si intéressante que cela ? – et il répond que non.

Le pionnier en recherches proustiennes poursuit sa tâche, qui serait sa thèse. On devine que si l'Université l'agréait, le sujet en serait *l'évolution créatrice de Proust* jusqu'à la *Recherche*. De cette thèse qui ne vit pas le jour, qui sans doute ne fut pas poursuivie après les deux publications majeures d'œuvres de Proust ouvrant à leur découvreur le monde de la grande édition, deux parties avaient été entièrement rédigées, qui ont été lues par l'entourage intellectuel de Bernard de Fallois. Si la première partie est semble-t-il perdue, la deuxième, devenue hélas la seconde, constitue un essai entièrement autonome, que Les Belles-Lettres publient sous le titre de *Proust avant Proust*. Un essai savant mais où la science est subsumée sous une plume singulièrement alerte, comme devrait idéalement être une thèse, comme le sont celles qui deviennent des livres ensuite indémodables. Un essai dont la saisissante originalité, nouveauté, ne s'est pas émoussée d'avoir été laissée en sommeil pendant deux générations avant d'être portée aujourd'hui à notre connaissance.

Car l'entrée dans *Les Plaisirs et les Jours* s'y nourrit de ces amples archives, dont le classificateur manie les nuances comme un jeu d'orgues. Comme Proust détracteur de Sainte-Beuve, et (ô paradoxe qu'il ne faut pas ici méconnaître) comme Sainte-Beuve en fait, il sait que la biographie de l'auteur ne doit pas être absente de la lecture de ses œuvres – mais une biographie intérieure, que les meilleurs contemporains de Proust appelaient *biographie psychologique*, si l'on sait apercevoir, dans la gratuité apparente des circonstances vécues, l'enrichissante perspective de structures en train de naître.

C'est ce regard structurel que porte Bernard de Fallois sur les pièces semble-t-il disparates réunies dans *Les Plaisirs et les Jours*, pour y apercevoir à rebours une même recherche, tentative littéraire – ce qu'on pourrait nommer, s'agissant d'un jeune écrivain, la *recherche de sa voix* –, recherche seulement si difficile à mener qu'il faut prendre beaucoup de chemins différents pour parvenir à progresser vers un même but. Le critique d'ailleurs pousse la clairvoyance jusqu'à ne pas seulement identifier ce qui, dans les écrits de jeunesse, prépare de façon même lointaine la *Recherche du temps perdu*, mais à noter les postures d'écrivain qu'on ne reverra plus jamais dans la suite des écrits de Proust, parce que ce *jamais plus*, ce *une seule fois* renseignent grandement sur les conditions de réalisation du Proust parvenu à sa pleine maturité.

Et comme l'essayiste pense ces structures à long terme en même temps qu'il répertorie et classe les archives, il rencontre, papillonnant autour des *Plaisirs et les Jours*, des pages manuscrites non intégrées au recueil de 1896, non publiées pour autant dans les revues de l'époque, mais dont certaines apparaissent nommées dans des tables des matières autographes qu'il a sous les yeux, en vue de ce livre que Proust nomme d'abord, en référence au manoir de Mme Lemaire dans la Marne, où plusieurs de ces textes furent composés en étroite collaboration avec Reynaldo Hahn, *Le Château de Réveillon*, et dont il déplace, ajoute ou retranche les pièces un peu comme procédera Guillaume Apollinaire au moment de constituer en 1912 son recueil poétique *Alcools*.

Ces textes en prose sur feuilles détachées sont des nouvelles. Écrites au même moment que celles que nous connaissons, elles entretiennent logiquement des rapports entre elles. Mais lues à part, ainsi qu'elles ont été finalement tenues par leur auteur, elles parlent aussi un langage spécifique, en tant que série de pièces inédites. Une partie de l'essai de Bernard de Fallois traite de cette question spécifique. Cette partie, Jean-Claude Casanova l'a prépubliée avec discernement dans le n° 163 de la revue *Commentaire*, à l'automne 2018, sous le titre « Le secret et l'aveu ». Car tel est bien le nœud. Mais quel nœud au juste ?

*

Les écrits laissés en marge ou de côté par Proust, cependant qu'il prépare son recueil *Les Plaisirs et les Jours*, montrent que ledit recueil eût pu constituer un livre beaucoup plus important. Mais si son jeune auteur avait inclus tous les textes que nous reproduisons ici, dans leur forme achevée qui n'a pas été réalisée, la mise en scène de l'homosexualité aurait constitué de proche en proche le sujet principal de l'œuvre. Proust ne l'a pas souhaité, sans doute en raison des révélations que cela aurait constitué sur lui-même (révélations qui n'en sont plus pour nous), peut-être parce que certains de ces textes avaient besoin d'être plutôt écrits pour soi que publiés pour les autres, peut-être encore parce que l'écrivain souhaitait préserver une diversité plus délibérée au sein de son assemblage ; sans doute enfin parce qu'il pouvait douter de la qualité, de la réussite littéraires des textes qu'il a finalement écartés.

Proust, jeune homme et jeune écrivain, aborde donc l'homosexualité sous l'angle de la souffrance et de la malédiction. Son époque ne peut entièrement être incriminée, car cette position s'oppose en tout avec celle de son exact contemporain André Gide, hédoniste et égotiste, qui n'entoure pas un tel aveu du tragique proustien, mais au contraire l'associe à un bonheur vitaliste. D'où résulte aussi une autre opposition, entre un Proust placé sous tension entre le secret et l'aveu, et élaborant tout un système diversifié de transpositions, et un Gide qui entend au contraire dire *je*, si bien qu'il note dans son *Journal*, après une visite à Proust en 1921 : « Comme je lui dis quelques mots de mes Mémoires : "Vous pouvez tout raconter, s'écrie-t-il ; mais à condition de ne jamais dire : Je." Ce qui ne fait pas mon affaire » (*Journal*, Paris, Gallimard, « Bibliothèque de la Pléiade », t. I (1887-1925), 1996, p. 1124).

Proust ne dira donc jamais *je* dans un tel contexte ; mais le récit à la première personne du capitaine est celui qui se rapprocherait le plus d'une énonciation directe et personnelle. On aperçoit comme jamais, dans ces nouvelles écartées, en train de s'élaborer tout un dispositif de *projections*, de discours par procuration : le drame se jouera entre deux femmes (la narration se plaçant du côté de « l'innocente », mais de toute façon la « coupable » reste elle aussi innocente dans « Le mystérieux correspondant »), le drame crucial de l'adolescence se voit transporté dans une *fin de vie* prématurée (à la source d'une *apocalypse*, au double sens de révélation de fin des temps pour le sujet, et d'acte de dévoiler inclus dans le verbe grec *apocaluptein*), et la souffrance d'être condamné à ne pas être aimé de qui on aime se transporte dans un univers musical (« Après la 8e symphonie de Beethoven »), dans la situation d'une héroïne qui se sait condamnée dans la maladie mais décide de vivre son agonie dans l'insouciance (« Pauline de S. »), ou s'extériorise dans un chat-écureuil qui accompagne le souffrant, chez lui et dans le monde, à l'insu de tous les autres (« La conscience de l'aimer »), après avoir été un résigné « Don des fées »...

Mais la transposition, quand elle supporte une aussi lourde charge personnelle et affective, n'est pas facile. Le narrateur, auquel Proust délègue la conduite du récit, s'embrouille. On verra comment, dans le manuscrit du « Mystérieux correspondant », les rôles de Françoise et de Christiane sont confondus et interchangés ; le don des fées, qui est d'accepter la souffrance pour avoir reçu en échange tant de dispositions, est accepté avec plus de résignation que de conviction ; l'animal secret, qui tiendra toute sa vie compagnie à celui qui sait ne devoir pas être aimé en retour, apporte au sujet une consolation qui n'efface pas l'échec. La contradiction n'est pas résolue.

La morale chrétienne, en l'occurrence catholique, pèse sur ces interrogations comme elle ne le fera plus jamais aussi directement par la suite. Ce que nous lisions des *Plaisirs et les Jours*, tel que le recueil fut publié, réduit le souci religieux à un parfum superficiel de mysticisme auréolé de mélancolie décadente et *fin-de-siècle*. Or, les nouvelles écartées se font plus insistantes. Christiane va mourir de consomption d'avoir en silence brûlé d'amour pour son amie

Françoise. Françoise demande si accéder au désir de Christiane ne la sauverait pas. Son confesseur lui réplique que ce serait faire perdre à la mourante (qu'on lui a présentée comme un mourant) d'un coup le sacrifice de toute une vie pour répondre à un idéal de pureté. Les deux positions sont radicalement opposées : en valeur absolue, aucune des deux n'est invalidée.

Le jeune écrivain auteur de ces nouvelles ne prononcera jamais plus, quand il sera devenu romancier, avec la même insistance ce *memento mori* de la prédication classique. Il ne prendra plus directement à partie, sauf par images pour définir la création artistique, le Dieu créateur pour lui demander le *pourquoi*. Ici le sujet souffrant, écarté du monde de l'amour, prononce un tout personnel *mon royaume n'est pas de ce monde* ; il se demande où trouver pour lui-même cette promesse de *paix sur la terre aux hommes de bonne volonté*. Le dialogue de morts « Aux Enfers » met à distance la proximité angoissante de toutes ces questions, mais la patine antique des Enfers n'efface pas la perspective de l'enfer et de la condamnation chrétienne, que l'un des protagonistes essaie de conjurer en nommant, comme on l'avait fait pour le péché originel, à nouveau *felix culpa* la poésie et les poètes.

Alors, les personnages de médecin, à mi-chemin entre Adrien Proust, père de l'écrivain, et le futur docteur du Boulbon, personnage fictif de la *Recherche*, prennent le relais pour ouvrir peut-être un chemin vers ce que Bergson, après la mort de Proust, appellera « les deux sources de la morale et de la religion ». Le médecin de Christiane, soulignant que sa patiente se meurt d'une consomption ne reposant sur aucune atteinte organique, anticipe de peu sur Freud en visite chez Charcot à La Salpêtrière et préparant ses *Études sur l'hystérie*. « Le Souvenir d'un capitaine » suggère le cas d'un sujet qui ignore, tout en la relatant, sa propre homosexualité, qui ne sera donc dans son récit nulle part nommée. « Après la 8e symphonie de Beethoven » donne à réfléchir sur le rapport entre la respiration de l'asthmatique et l'occupation de l'espace. Beaucoup d'objets et d'images symboliques peuplent enfin ces nouvelles.

*

Mais la psychologie homosexuelle, ou l'homosexualité aperçue de l'intérieur, directement ou transposée, ne constituent pas, et de loin, pour nous l'unique sujet, l'unique enjeu de ces nouvelles. Nous y apercevons l'écrivain, au moment où son entreprise littéraire, qui prendra progressivement forme en continuité jusqu'à la *Recherche*, commence.

L'étudiant de philosophie n'est pas loin ; il est même tout contemporain. La consolation de ne pas être aimé projetée dans un univers musical (« Après la 8e symphonie de Beethoven ») semble déjà nourrie par la métaphysique de la musique de Schopenhauer. Le capitaine, dans son laborieux souvenir, reprend la distinction toute fichtéenne du moi et du non-moi, et son interrogation encore maladroite sur la recréation du passé dans la pensée n'en est pas moins de grand avenir, tout comme la recherche d'une définition de l'*essence*. Ces souvenirs d'érudition philosophique sont déjà discrets, et le narrateur de la *Recherche* saura les rendre méconnaissables dans sa prose, qui pourtant s'en nourrira encore.

Comme on pourrait s'y attendre, certaines notations même fugaces n'en sont pas moins des actes de naissance d'épisodes entiers de la lointaine encore *Recherche du temps perdu*. On verra surgir ici le rôle des lettres dans la résurrection des personnages, la médiation de Botticelli dans l'appréhension de l'être aimé, les deux vers de Vigny qui serviront d'exergue à *Sodome et Gomorrhe* («Aux Enfers»), peut-être l'explication anticipée du froid salut de Saint-Loup à la fin de l'épisode de Doncières dans *Le Côté de Guermantes*, une première version de la grande controverse sur l'homosexualité entre Charlus et Brichot (ici Caylus et Renan dialoguant «Aux Enfers») dans *La Prisonnière*, mais encore ce à quoi répondra un jour la tirade du docteur du Boulbon dans *Le Côté de Guermantes* sur les pathologies des génies créateurs, une première version de la promenade solitaire au Bois de Boulogne qui servira un jour de clôture à *Du côté de chez Swann* («Jacques Lefelde»), de l'épisode du «nouvel écrivain» dans *Le Côté de Guermantes*, l'étymologie de l'apostrophe «Arbres, vous n'avez plus rien à me dire» au cœur du *Temps retrouvé*.

Passe cependant devant les yeux du lecteur l'anthologie littéraire des premières lectures prégnantes de l'écrivain débutant : la *Phèdre* de Racine et « La tristesse d'Olympio » de Victor Hugo, peut-être Stendhal dans « Jacques Lefelde » et Dumas père dans « Aux Enfers », beaucoup de l'univers d'Edgar Poe en filigrane on le verra, et dans ce voisinage des réminiscences de Gérard de Nerval, des romans de Tolstoï dont l'influence s'éloignera après *Jean Santeuil*.

Car la conduite (inachevée, rappelons-le) de ces nouvelles offre l'intérêt à long terme d'apercevoir l'écrivain en herbe en train d'expérimenter des formes littéraires qui ne seront pas celles de l'écrivain parvenu à sa maturité : le récit à suspens, le conte fantastique, le dialogue des morts. Plus précisément, il est intéressant de noter comment, empruntant avec prédilection ici les formes de la parabole, de l'apologue et du conte, le romancier non encore advenu en profite pour expérimenter à la fois pourquoi il ne reprendra pas ces formes, et les ressources qu'il peut en conserver.

En particulier le roman mondain, dont la veine sous-jacente n'est pas suffisamment soulignée dans l'atmosphère de la *Recherche du temps perdu*, et qui se constitue en rapides microcosmes dans plusieurs de ses nouvelles, notamment la rencontre amoureuse en contexte de bonne société, avec ses ressources mais surtout ses obstacles. Ce roman mondain à l'atmosphère concentrée, économisant, même au sein d'un long roman, à plus forte raison au service de la brièveté d'une nouvelle, les longues préparations de l'arsenal romanesque. Cet univers de visites, de maîtres d'hôtel, de villégiatures, de fiacres, qui sera celui de Swann. Cet univers que découvrira Proust dans le roman de son ami Georges de Lauris, *Ginette Chatenay*, lu en manuscrits en 1908-1909, publié en 1910, et mettant d'ailleurs en scène une héroïne en train de lire *Les Plaisirs et les Jours*. La boucle est bouclée.

Tant d'étapes d'apprentissage et d'expérimentations séparent le jeune rédacteur de ces nouvelles et le romancier de la *Recherche* qu'on s'attendrait à ne rien trouver du grand romancier dans ce débutant. Il est dès lors intéressant d'isoler précisément ce qu'on y trouve déjà. Comme les toutes premières versions du futur clivage entre temps perdu et temps retrouvé, qui se nomment ici frivolité et profondeur, dispersion et intériorité, apparence et réalité. Ce clivage trouvera des formulations approfondies très bientôt dans *Jean Santeuil* – mais même alors, il ne sera pas pensé comme clivage structurant, et ce grand roman succédant aux petites nouvelles échouera de ne pas pouvoir bénéficier d'une idée qu'il exprime en clair sans penser à la mettre en œuvre.

Ces nouvelles appellent encore à naître le narrateur de la *Recherche* dans sa fonction de traverser les apparences – de reconnaître, dirait La Bruyère si présent dans la sphère des *Plaisirs et les Jours*, à travers l'homme qu'on voit l'homme qu'on ne voit pas (à quoi attribuer la gaîté d'une mourante, la consomption sans causes organiques d'une autre, le souvenir triste et angoissé d'un capitaine, les promenades solitaires et répétitives d'un écrivain à heure fixe au Bois ?).

Dans l'univers en perpétuelle construction d'un écrivain, les formules ont aussi leur histoire, c'est-à-dire leurs actes de naissance puis leur développement. Un jour lointain, la *griffe d'authenticité* condensera un passage célèbre du *Temps retrouvé*. C'est dans une nouvelle non publiée de sa jeunesse que Proust a vu naître cette ressource sous sa plume.

On croirait volontiers enfin que certaines de ces nouvelles n'ont pas abouti parce que leur auteur hésitait, sans parvenir à trancher, entre plusieurs possibilités. D'une phrase à l'autre, le capitaine se souvient très bien et ne parvient plus à se souvenir du brigadier qui, un jour ancien, l'avait tant ému. Ailleurs, on verra le dialogue direct et l'analyse seconde se disputer la matière du récit, sans qu'aucune de ces deux formes parvienne à l'emporter sur l'autre.

Hésitations fécondes. Car ces contradictions sont toutes provisoires. Nous qui pouvons aujourd'hui lire non seulement la *Recherche du temps perdu*, mais les cahiers où se prépare la *Recherche*, nous savons que le romancier procédera ainsi, juxtaposant sur une même page une circonstance du récit et son contraire, parce qu'il veut expérimenter l'impact de chacune, ses implications, et l'analyse qu'elle pourra s'agréger. Les cahiers de *La Fugitive* sont significatifs à ce sujet : on y lit qu'Albertine a connu – n'a pas connu – Mlle Vinteuil et son amie ; qu'elle a eu – mais peut-être en fait non – des relations avec Andrée ; le héros ne tient nullement à savoir avec qui Gilberte remontait autrefois les Champs-Élysées – il le lui demande. Le scénariste de la *Recherche*, qui soupèsera les potentialités de son récit, se cache déjà dans les contradictions de ces nouvelles inédites.

*

Un problème moral se manifeste ici dans une atmosphère sombre. Pas seulement d'ailleurs : ces nouvelles disent l'émerveillement devant la beauté, l'épaisseur de vie que renferment le mystère, l'énigme à résoudre, et la richesse inaliénable que possède chacun, qui est l'exploration de son monde intérieur ; l'art y prépare, y accompagne, y parachève l'entreprise. Par quoi dès ses premiers écrits, Proust propose ce renversement que lira Albert Camus (le Camus de *L'Homme révolté*) dans *Le Temps retrouvé* – une alternative au désespoir.

Même la malédiction et la souffrance en effet se révèlent créatrices : ce sont elles qui mettent en place les situations et les personnages, qui approfondissent les interrogations, qui nécessitent des transpositions originales et toujours renouvelées et modulées. Ce jeune écrivain qui dit et retient son secret, semble déjà pressentir que dans son œuvre future, une Gilberte, une Albertine transparentes, rendant au centuple tout l'amour qu'on leur porte, ne cachant rien, disant tout, annihileraient la force analytique par laquelle s'imposera et triomphera le narrateur de la *Recherche*. Parce que, révélera-t-il alors, « les idées sont des succédanés des chagrins ».

L.F.

La constitution de ce volume d'inédits n'aurait pas été possible sans la confiance accordée à cette entreprise par M. Dominique Goust, directeur des Éditions de Fallois. Que son équipe éditoriale et lui-même trouvent ici l'expression de toute ma reconnaissance.

NOTE SUR LE TEXTE

Nous reproduisons ci-après une série de textes autographes à une exception près inédits de Marcel Proust, inclus dans les archives de Bernard de Fallois (dossiers 1.1 et 5.1 dans leur cote originelle) et utilisés par l'essayiste dans son enquête sur *Les Plaisirs et les Jours*, la rédaction de ces textes étant contemporaine de la constitution du recueil (certains ayant un temps figuré dans le sommaire en projet). Chaque texte est introduit par une explication de sa constitution, et par quelques remarques sur les nouveautés qu'il présente et sa portée à plus long terme dans l'œuvre ultérieure de Proust. Nous donnons ces textes en transcription simplifiée, mais accompagnés d'un relevé exhaustif des variantes. Dans nos introductions, nous renvoyons aux éditions suivantes de Proust :

– *À la recherche du temps perdu*, édition réalisée sous la direction de Jean-Yves Tadié, Paris, Gallimard, « Bibliothèque de la Pléiade », 4 vol., 1987-1989.

– *Correspondance de Marcel Proust*, établie, annotée et présentée par Philip Kolb, Paris, Plon, 21 vol., 1970-1993.

– *Les Plaisirs et les Jours*, *Jean Santeuil*, publiés par Pierre Clarac et Yves Sandre, Paris, Gallimard, « Bibliothèque de la Pléiade », 1971.

[Édition originale de *Jean Santeuil* par Bernard de Fallois, préface d'André Maurois, Paris, Gallimard, 3 vol., 1952.]

– *Contre Sainte-Beuve*, *Pastiches et Mélanges*, *Essais et articles*, publiés par Pierre Clarac et Yves Sandre, Paris, Gallimard, « Bibliothèque de la Pléiade », 1971.

[Édition originale de *Contre Sainte-Beuve suivi de Nouveaux Mélanges*, selon un agencement différent, préface de Bernard de Fallois, Paris, Gallimard, 1954.]

– *Carnets*, publiés par Florence Callu et Antoine Compagnon, Paris, Gallimard, 2002.

L.F.

PAULINE DE S.

[Ce court apologue s'apparente aux récits de fin de vie qui jalonnent avec insistance Les Plaisirs et les Jours *ainsi que les textes abandonnés qu'on lira ci-après. Avec plus de légèreté qu'eux toutefois, celui-ci s'oriente vers un message favori de la prédication notamment classique, celle du* memento mori. *Comme dans deux nouvelles inédites publiées ici à la suite, le personnage du médecin semble prendre le relais de l'interrogation religieuse. Vers le début se dessine, dans une esquisse encore lointaine mais déterminante, le clivage entre temps perdu et temps retrouvé : parti de l'opposition classique entre divertissement et gravité, dispersion et ressaisissement moral, le clivage s'oriente un instant vers « les profondeurs d'émotion des arts où nous nous sentons descendre au cœur même de notre être », qui annonce la morale esthétique de Proust, du Proust de la* Recherche, *et que délivrera mystérieusement au héros le septuor posthume de Vinteuil dans* La Prisonnière *(*Recherche, *t. III, p. 753* sq.*). Les lectures sérieuses que rejette Pauline nourrissent (notamment* L'Imitation de Jésus-Christ*) cependant les exergues des pièces du recueil, et à Labiche pour lequel opte*

l'héroïne ici l'auteur préfère des « Fragments de comédie italienne ». Le jeune auteur des Plaisirs et les Jours *serait-il donc de ceux qui, quoique ayant vu la mort de près, est revenu, sous son vernis* fin-de-siècle, *à ses activités et pensées frivoles ? Aussi la situation de ce morceau apparemment* facile *n'est-elle pas d'emblée entièrement déchiffrable.]*

J'appris un jour que ma vieille amie Pauline de S.[1] atteinte depuis longtemps d'un cancer, ne passerait pas l'année et qu'elle s'en rendait si nettement compte que le médecin, incapable de[2] tromper sa forte intelligence, lui avait avoué la vérité[3]. Mais elle savait aussi que jusqu'au dernier mois[4] et sauf un accident imprévu et toujours possible elle garderait sa présence d'esprit et même une certaine activité physique[5]. Maintenant que je savais ses dernières illusions dissipées il m'était extrêmement pénible d'aller la voir. Je me décidai pourtant[6] un soir à y aller le lendemain. Ce soir-là[7] je ne pus m'endormir. Les choses m'apparaissaient maintenant comme elles devaient lui apparaître à elle-même, si près de la mort, à l'envers de ce qu'elles nous apparaissent habituellement. Les plaisirs, les

1 Ébauche : S. *qui était succombait lentement à un cancer.*
2 Ébauche : de *ruser.*
3 Var. : le médecin *avait cessé de ruser avec elle.*
4 Var. : *jour.*
5 Ébauche : physique. *Je fus long [avant de] à me décider à aller la voir.*
6 Ébauche : pourtant. *Depuis la veille les choses m'app[araissaient].*
7 *Ce soir-là* : ajout interlinéaire.

divertissements, les vies[8], les travaux particuliers même insignifiants, insipides, dérisoires, ridiculement, effroyablement petits et irréels. Les méditations sur la vie et sur l'âme, les profondeurs d'émotion des arts où nous nous sentons descendre au cœur même de notre être, la bonté, le pardon, la pitié, la charité, le repentir au premier plan, seuls réels. J'arrivai chez elle élargi[9], dans une de ces minutes où l'on ne sent en soi-même que l'âme[10], l'âme qui débordait, insoucieux du reste, prêt à pleurer. J'entrai. Elle était assise sur un fauteuil habituel près de la fenêtre[11] et son visage n'était pas empreint de la tristesse qu'il avait depuis quelques jours dans mon imagination[12]. L'amaigrissement, la pâleur maladive étaient purement physiques. Les traits avaient conservé leur expression railleuse[13]. Elle[14] tenait en main[15] un pamphlet politique[16] qu'elle posa quand j'entrai. Nous causâmes une heure. La conversation brillante continuait comme par le passé à s'exercer aux dépens des différentes personnes qu'elle connaissait[17]. Une quinte de toux après laquelle elle cracha un peu de sang l'arrêta. Quand elle fut

---

8 *les vies* : ajout interlinéaire.

9 Var. : *l'âme élargie.*

10 Var. : *ne sentant en moi* que l'âme.

11 Var. : près *du feu.*

12 Var. : solennelle *que* mon imagination *lui prêtait.*

13 Ébauche : railleuse. *Ma première surprise passée tout cela s'expliqua assez bien.*

14 Ébauche : Elle *était en train.*

15 Var. : *à la main.*

16 Var. : *un volume de Labiche* ; ébauche : *et un jour près d'elle* un pamphlet politique *était encore ouvert.*

17 Ébauche : connaissait. *Elle s'arrêta seul[ement].*

remise elle me dit : « Partez[18] cher ami, je tiens à ne pas être fatiguée ce soir car j'ai quelques personnes à dîner. Mais tâchons de nous voir ces jours-ci. Prenez donc une loge pour une matinée. Le théâtre le soir est trop fatigant pour moi. – Pour quel théâtre, lui demandai-je ? – Pour ce que vous voudrez mais surtout pas de votre ennuyeux *Hamlet* ou d'*Antigone*[19], vous savez mes goûts, une pièce gaie, du Labiche si on en joue pour le moment ou sans cela une opérette. » Je partis stupéfait. De nouvelles visites m'apprirent que la lecture de[20] l'Évangile, et de *L'Imitation*, la musique et la poësie, les méditations, le repentir[21] des injures faites ou[22] le pardon des injures reçues, les entretiens avec des penseurs, des prêtres, des personnes chères ou d'anciens ennemis, ou les entretiens avec soi-même étaient absents de la demeure où elle finissait sa vie. Je ne parle pas de l'attendrissement physique sur soi-même qu'elle était trop peu nerveuse et trop dure pour éprouver[23]. Souvent je me demandais si ce n'était pas une attitude[24], un masque, si une partie[25] de sa vie qu'elle me[26] cachait n'était pas ce qu'elle aurait dû être. J'ai su depuis que non, qu'avec les autres et seule[27] même elle était comme avec moi comme *avant*.

18 Ébauche : *va-t[-en]*.
19 *surtout pas…* : ajout interlinéaire.
20 *la lecture de* : ajout interlinéaire.
21 Var. : *pardon*.
22 Ébauche : ou *des repentirs*.
23 Ébauche : *Je ne pouvais pas le comprendre et*.
24 Var. : *comédie*.
25 Var. : une partie *inconnue*.
26 Var. : *nous*.
27 Var. : *toute* seule.

Il me semblait qu'il y avait là un endurcissement, une aberration unique. Ô insensé que j'étais, qui ai vu la mort de si près et qui ai pourtant repris ma vie frivole. De quoi m'étonnais-je que je n'aie sous les yeux sans cesse[28] ! Tous tant que nous sommes[29], le médecin ne nous a-t-il pas condamnés[30], ne le savons-nous pas et que nous[31] mourrons certainement. Pourtant en voit-on beaucoup qui[32] méditent sur la mort pour quitter dignement la vie.

28 Var. : que je n'aie *vu* sans cesse.
29 Ébauche : sommes, *le médecin ne que nous ne sommes autre chose q[ue].*
30 Ébauche : condamnés *et que devrions faire autre chose que nous pré.*
31 Ébauche : nous *allons.*
32 Ébauche : qui *se préparent.*

LE MYSTÉRIEUX CORRESPONDANT

[Cette nouvelle complète (voir cahier iconographique, fig. 1), incluse un temps dans le recueil et alors dédiée au pianiste Léon Delafosse (1874-1955), malgré quelques détails inachevés, se rapproche d'autres nouvelles publiées celles-là : l'aveu de l'inavouable aux approches d'une mort qui redispose tous les enjeux, d'une agonie qui décharge le secret de son poids moral.

Comme l'indique le titre, repris une fois en cours de nouvelle, tout passe par des lettres mystérieusement trouvées dans l'appartement de l'héroïne Françoise, qui imagine ces lettres émanant d'un militaire. Or, vers la même période, durant l'été 1893, Proust entreprend avec quelques amis la composition d'un roman épistolaire, dans lequel il tient le rôle d'une femme du monde amoureuse d'un sous-officier et s'en ouvrant à son confesseur (rôle tenu par Daniel Halévy, Louis de La Salle prenant celui d'un officier ; voir Correspondance, *t. IV, p. 413-421). Le roman écrit à plusieurs n'a pas abouti, mais Proust a parallèlement ici composé, peut-être dans le secret, une nouvelle, où le confesseur de Françoise, l'abbé de*

Tresves, n'intervient que dans les dernières pages, et où le corps du récit reste un récit non épistolaire.

Les lettres mystérieusement apparues évoquent indirectement la nouvelle d'Edgar Poe La Lettre volée, *que Proust apprécie (voir* Correspondance, *t. X, p. 292). Quelque chose aussi des* Nouvelles extraordinaires *de Poe passe dans celle de Proust, à travers cette mourante (Christiane) qui communique un moment sa consomption à son amie Françoise. La même pénombre, entretenue au cœur de la nouvelle, fait écho à l'opposition nervalienne entre la réalité et le rêve (il est question dans une variante de* seconde vie*).*

Cette nouvelle de jeunesse donne à voir le romancier en herbe s'essayant à des formules de récit qu'il n'adoptera guère par la suite. Vers le début, il essaie de faire passer toute la psychologie de son personnage par la description, très retravaillée, de ses mains (on songe à la fameuse casquette de Charles Bovary). Bientôt, il s'essaie (maladroitement) à l'écriture à suspens, autour de ces lettres trouvées dans la salle à manger de Françoise. On observera les phrases barrées et ajouts interlinéaires qui montrent, chez celui qui mène le récit, une certaine difficulté à poser et préciser les circonstances narratives nécessaires. Cette difficulté restera celle de l'auteur de la Recherche, *dont mainte phrase s'alourdit parce qu'il s'agit de justifier, dans une situation concrète malaisée à mettre en place, la réflexion à laquelle veut en venir le narrateur.*

Dans la Recherche, *une lettre surgira d'une mystérieuse correspondante : ce télégramme que reçoit le héros de* La Fugitive, *sur le point de repartir de Venise, signé d'Albertine qui est pourtant morte (t. IV, p. 220-223), une confusion ayant été faite avec le nom de Gilberte qui annonce son mariage. Toute l'ancienne nouvelle semble s'être condensée dans cette seule circonstance. Dans le même volume interviendra un autre correspondant mystérieux, dont le héros reçoit une lettre après la parution de son article dans* Le Figaro *: « Je reçus une autre lettre que celle de Mme Goupil, mais le nom, Sautton, m'était inconnu. C'était une écriture populaire, un langage charmant. Je fus navré de ne pouvoir découvrir qui m'avait écrit » (p. 170). On sait que cette circonstance, rendue non identifiable, s'inspire de la lettre qu'en 1907, Alfred Agostinelli envoie à Proust après la parution de son article « Impressions de route en automobile » (voir* Correspondance, *t. VII, p. 315). Mais le schéma de cette circonstance mystérieuse est beaucoup plus ancien, on le voit ici, dans l'imaginaire romanesque de Proust.*

On voit encore apparaître ici, car les mots ont une histoire, dans l'évolution créatrice d'un écrivain, pour la première fois sous la plume de Proust la griffe d'authenticité *que l'on verra reparaître à l'autre bout des écrits du romancier, à la fin du* Temps retrouvé, *quand le narrateur dogmatique de « L'Adoration perpétuelle » statuera, concernant les réminiscences involontaires : « leur premier caractère était que je n'étais pas libre de les choisir, qu'elles m'étaient données telles quelles. Et je sentais que ce devait être la griffe de leur authenticité » (t. IV, p. 457). Preuve qu'une expression n'est jamais perdue mais peut survivre exceptionnellement longtemps, si elle fixe à jamais le concept que se forge patiemment l'écrivain.*

Nouvelle en forme d'énigme, la fable s'installe dans l'atmosphère du roman mondain pour mettre en scène l'homosexualité, ici à travers Gomorrhe. Les enjeux en seront l'amour non partagé, le lourd sentiment de culpabilité, le rapport entre le secret et l'aveu, le poids du jugement social, le rapport entre la morale et la religion (catholique).

La correspondante devant se déguiser en correspondant, cependant que Proust transpose ce qu'il connaît de l'homosexualité dans le drame secret d'une femme, il en résulte de complexes ambiguïtés. D'ailleurs, on observera la confusion perpétuelle des prénoms, sous la plume de l'auteur : Françoise et Christiane sont constamment inversées, ce qui engendre de fréquentes ratures et même des oublis. Le secret de l'énigme est involontairement livré – lapsus calami *de Proust – par un accord de participe (*vue*) pour désigner assez tôt le mystérieux correspondant. Au point que même le secret et l'aveu se trouvent inversés : c'est celle qui est habitée d'un secret inavouable qui l'avoue dans ses lettres ; et celle qui le reçoit, et qui n'a rien à cacher, qui est en proie au secret.*

Une certaine parodie des orateurs et prédicateurs classiques court à travers les évocations de la piété catholique. Le prêtre intervient, comme dans Les Liaisons dangereuses, *au paroxysme du drame. Le parfum de roman d'édification s'évapore sous l'effet d'une remise en question double des préceptes moraux, apparaissant pour finir en décalage par rapport au drame, et maintenant le poids d'une culpabilité fatale.*

Encore le sacrifice sublime que prône le confesseur, et qu'accomplira de fait Christiane, garde-t-il toute sa profondeur.

Face aux demandes de Dieu, les préceptes du médecin servent ici d'alibi pour forcer et percer le secret. La thèse défendue est qu'un certain degré de souffrance, avec ses conséquences, requerrait d'outrepasser les règles de la morale. On remarquera que le rappel par le médecin de l'état de consomption de Christiane, état qui ne repose sur aucune lésion d'organes, rejoint étrangement les Études sur l'hystérie *de Freud (1895), menées à La Salpêtrière auprès de Charcot (avec qui collabore Adrien Proust), selon lesquelles la catatonie des hystériques ne repose sur aucune déficience, mais résulte au contraire de la neutralisation d'un conflit entre forces contraires exceptionnellement intenses. Si Proust n'a, paraît-il, eu vent que très tard des théories de Freud, il se place intuitivement en leur cœur dès ses premiers écrits.]*

« Ma chérie je te défends de revenir à pied, je vais faire atteler, il fait trop froid, tu pourrais prendre du mal. » Françoise de Lucques[1] avait dit cela tout à l'heure en la reconduisant à son amie Christiane[2] et maintenant qu'elle était partie elle avait des remords de cette phrase maladroite bien insignifiante si elle eût été dite à une autre[3] qui pouvait inquiéter la malade sur son état. Assise près du feu où elle se chauffait tour à tour[4] les pieds et les mains, elle[5] se posait sans cesse la question qui la torturait : Pourrait-on guérir Christiane[6] de cette maladie de langueur[7]. On n'avait pas encore apporté les lampes. Elle était dans l'obscurité. Mais maintenant comme de nouveau elle chauffait ses mains le feu éclairait leur grâce et leur

---

1 Noms barrés : *Christiane Florence Tavens.*

2 Ms. : Christiane *Tavens* ; *Florence de Lucques* barré.

3 *bien… autre* : ajout interlinéaire.

4 *tour à tour* : ajout interlinéaire.

5 Ébauche : Elle *se demandait si l'on ne pourrait pas guérir cette langueur de Françoise elle sentait.*

6 Ms. : Françoise.

7 Ébauche : langueur. *Et selon qu'elle se* [disait] *répondait oui ou non elle sentait toute sa plus inviolable, sa plus impétueuse ire intellectuelle et morale, et aussi ces plus douces et humbles. Ses mains qu'on voy[ait].*

âme[8]. En leur beauté[9] résignée de tristes exilées dans ce monde vulgaire on pouvait lire aussi clairement les émotions que dans un regard expressif. Habituellement distraites elles s'allongeaient avec une langueur douce. Mais ce soir au risque de froisser la tige délicate[10] qui les portait si noblement elles s'épanouissaient douloureusement[11] comme des fleurs tourmentées[12]. Et bientôt[13] des larmes[14] tombées de ses yeux dans l'obscurité apparurent une à une[15] au moment où elles touchaient les mains qui tendues contre la flamme étaient en pleine lumière. Un domestique entre, c'était le courrier, une seule lettre et d'une écriture compliquée que Françoise[16] ne connaissait pas[17]. (Malgré que son mari aimât Christiane autant qu'elle et consolât tendrement Françoise de sa peine quand il la remarquait elle voulait ne pas l'inutilement attrister

---

8 Série d'ébauches : âme. *Les mains douces délicates semblaient portées par un et [*sic*] belles comme des fleurs, noblement portées sur la tige du poignet, dont elles jaillissaient dans une ligne fière avant de s'épanouir dont elles jaillissaient aussi grêles que lui avant de s'épanouir. Ces mains de tant de charme et de tant étaient [*sic*] aussi plus expressives comme un visage un regard et douloureuses comme une âme aussi expressives qu'un sourire ou qu'un regard. Elles étaient habituellement stables et belles créatures souffrantes comme des exilées, habituellement distraitement allongées, elles s'ébrouaient ce soir douloureusement. Elles souffraient en leur grâce.*

9 Var. : *pure* beauté.

10 Var. : *le poignet.*

11 Var. : *bizarrement.*

12 Var. : fleurs *de désespoir*; ébauche : *et s'attristaient en leur langage.*

13 Ébauche : bientôt *pris dans la petite on voyait se poser.*

14 Ébauche : larmes *apparurent sur ses.*

15 *une à une* : ajout interlinéaire.

16 Ms. : Christiane.

17 Ébauches : *Elle lut retourna attendit qu'on eût apporté alla tout approcha la lettre du ferma pour pouvoir lire et dit d'attendre encore cinq minutes pour apporter les lampes.*

de la vue de ses larmes s'il rentrait brusquement[18] et voulait avoir eu le temps de s'essuyer les yeux dans[19] l'obscurité.) Aussi dit-elle d'apporter les lampes seulement dans cinq minutes et elle approcha la lettre du feu pour s'éclairer. Le feu jetait assez de flammes pour qu'en se penchant pour l'éclairer Françoise[20] pût distinguer les lettres et voici ce qu'elle lut.

Madame,

Il y a longtemps que je vous aime mais je ne puis ni vous le dire ni ne pas vous le dire[21]. Pardonnez-moi. Vaguement tout ce qu'on m'a dit de votre vie intellectuelle, de l'unique distinction de votre âme m'a[22] persuadé qu'en vous seule je rencontrerais après une vie amère[23] la douceur, après une vie aventureuse la paix, après une vie d'incertitude et d'obscurité le chemin vers la lumière. Et vous avez été sans le savoir[24] ma compagne spirituelle. Mais cela ne me suffit plus. C'est votre corps que je veux et ne pouvant l'avoir, dans mon désespoir et ma frénésie j'écris pour me calmer cette lettre, comme on froisse un papier quand on attend, comme on écrit un nom sur l'écorce d'un arbre[25], comme on crie un nom dans le vent ou sur

---

18 *s'il rentrait brusquement*: ajout interlinéaire.
19 Ébauche: *rester* dans l'obscurité.
20 Ms.: Christiane.
21 Var.: ni *me passer plus longtemps de le faire.*
22 Ébauche: m'a *fait imaginer que vous étiez l'Élue qui.*
23 Var.: *âpre.*
24 *sans le savoir*: ajout interlinéaire.
25 Var.: sur *les arbres.*

la mer[26]. Pour relever avec ma bouche[27] le coin de vos lèvres, je donnerais ma vie[28]. La pensée que ce pourrait être possible[29] et que c'est impossible me brûlent également. Quand vous recevrez des lettres de moi, vous saurez que je suis dans un moment où ce désir m'affole[30]. Vous êtes si gentille, ayez pitié de moi, je me meurs de ne pas vous posséder.

Françoise[31] venait de finir cette lettre quand le domestique entra avec les lampes, donnant pour ainsi dire la sanction de la réalité à la lettre qu'elle avait lue comme dans un rêve, à la lueur mobile et incertaine des flammes. Maintenant la lumière douce mais sûre et franche des lampes[32] faisait sortir[33] de la pénombre intermédiaire entre les faits[34] de ce monde et les rêves de l'autre, notre monde intérieur, lui donnait comme la griffe de l'authenticité selon la matière et selon la vie[35]. Françoise[36] voulut d'abord montrer cette lettre à son mari[37]. Mais elle pensa qu'il était plus généreux[38] de lui épargner cette inquiétude et qu'elle devait au moins

26 Ébauche : mer. *Vous êtes.*
27 Var. : *ma langue.*
28 Var. : *toute* ma vie.
29 Var. : ce *serait* possible.
30 Var. : que *cette idée m'affole et qu'il faut me calmer.*
31 Ms. : Christiane.
32 Ébauches : franche *donnait la plus parfaite mettait comme la griffe de la [réali] vie.*
33 Var. : faisait sortir *cela.*
34 Var. : les faits *matériels.*
35 *et selon la vie* : ajout interlinéaire.
36 Ms. : Christiane.
37 Ébauche : mari. *Il n'était pas encore.*
38 Var. : généreux *pour [son mari] lui.*

à l'inconnu à qui elle ne pouvait rien donner d'autre le silence, en attendant l'oubli[39]. Mais le lendemain matin elle reçut une lettre[40] de la même écriture contournée avec ces mots : « Ce soir à 9 h je serai chez vous[41]. Je veux au moins vous voir. » Alors Françoise[42] eut peur. Christiane[43] devait partir le lendemain pour aller passer quinze jours dans une campagne où l'air plus vif pouvait lui faire du bien. Elle écrivit à Christiane[44] en la priant de venir dîner avec elle son mari sortant justement ce soir-là. Elle recommanda aux domestiques de ne laisser entrer personne d'autre et fit fermer solidement tous les volets[45]. Elle ne raconte rien à Christiane[46] mais à 9 h lui dit qu'elle avait la migraine[47] la priant d'aller dans le salon à la porte qui commandait l'entrée de sa chambre et de ne laisser personne entrer. Elle se mit à genoux dans sa chambre et pria. À 9 h un quart se sentant défaillir elle alla dans la salle à manger pour chercher un peu de rhum. Sur la table il y avait un grand papier blanc avec en lettres d'imprimerie[48] ces mots : « Pourquoi ne voulez-vous pas me voir. Je vous aimerais si bien. Vous regretterez

---

39 Var. : et *bientôt s'il se pouvait l'oubli.*
40 Ébauche : lettre *où il était dit.*
41 Ébauche : vous. *Je vous aime com[me].*
42 Var. : *Christiane.*
43 Ms. : Françoise.
44 Var. : *Françoise.*
45 *d'autre… volets* : ajout interlinéaire.
46 Ms. : Françoise.
47 *lui… migraine* : ajout interlinéaire. Plusieurs ajouts sont incompatibles entre eux ; on distingue celui-ci : *voulait se reposer un peu dans sa chambre ayant la migraine.*
48 Var. : *avec de l'écriture contournée.*

un jour les heures que je vous aurais fait passer. Je vous en supplie[49]. Permettez que je vous voie mais[50] si vous l'ordonnez je m'en irai immédiatement[51].» Françoise [fut] épouvantée. Elle pensa dire aux domestiques de venir avec des armes. Elle eut honte de cette idée et pensant qu'il n'y avait pas, pour avoir prise sur l'inconnu, plus efficace autorité que la sienne elle écrivit en bas[52] du papier: «Partez immédiatement je vous l'ordonne.» Et elle se précipita[53] dans sa chambre, se jeta sur son prie-Dieu et ne pensant à rien d'autre elle pria la Sainte Vierge[54], avec ferveur. Au[55] bout d'une demi-heure elle alla chercher Christiane[56] qui lisait sur sa demande au salon. Elle voulait boire un peu et lui demanda de l'accompagner dans la salle à manger. Elle entra en tremblant soutenue par Christiane [et] défaillit presque en ouvrant la porte puis s'avança à pas lents, presque mourante. À chaque pas il ne semblait pas qu'elle eût la force d'en faire un de plus et qu'elle allait défaillir[57] là. Tout à coup elle dut étouffer un cri. Sur la table un nouveau papier où elle lisait: «J'ai obéi. Je ne reviendrai plus. Vous ne me reverrez jamais[58].»

---

49 *Je… supplie*: ajout interlinéaire.
50 *mais*: ajout interlinéaire.
51 Var.: je *vais m'en aller.» Alors Christiane eut peur.*
52 Var.: *en travers.*
53 Var.: se précipita *en refermant les portes.*
54 Var.: pria *Notre Seigneur Jésus-Christ.*
55 Var.: *Puis* au bout.
56 Ms.: Françoise.
57 Var.: *s'arrêter.*
58 *Je ne… jamais*: ajout interlinéaire.

Heureusement Christiane[59], tout occupée du malaise[60] de son amie, n'avait pu le voir et Françoise[61] eut le temps de le prendre vite mais d'un air indifférent et de le mettre dans sa poche[62]. « Il faut que tu rentres de bonne heure, dit-elle bientôt à Christiane[63], puisque tu pars demain matin[64]. Adieu ma chérie. Je ne pourrai peut-être pas aller te voir[65] demain matin[66] si tu ne me vois pas c'est que j'aurai dormi tard pour guérir ma migraine. » (Le médecin avait défendu les adieux pour éviter une trop vive émotion à Christiane[67]). Mais Christiane[68] consciente de son état[69] comprenait bien[70] pourquoi Françoise n'osait pas venir[71] [et pourquoi] on avait défendu ces adieux et elle pleurait en disant adieu à Françoise qui surmonta son chagrin jusqu'au bout et resta calme pour rassurer Christiane[72]. Françoise[73] ne dormit pas. Dans le dernier mot de l'inconnu les mots : Vous ne me reverrez plus l'inquiétaient plus que tout. Puisqu'il disait revoir, elle l'avait donc vue[74] [*sic*]. Elle

---

59 Var. : *Françoise.*
60 Var. : *trouble.*
61 Var. : *Christiane.*
62 Ébauche : poche. *Puis elle dit à Françoise [*sic*] : C'était pour manger un peu dans l'espoir de guérir ma migraine que je t'avais fait venir ici mais cela va mieux, ce n'est plus la peine. Revenons. Du reste.*
63 *dit-elle bientôt à Christiane* : ajout interlinéaire.
64 Ébauche : matin *pour passer ces quelques jours.*
65 Var. : Je *n'irai pas te.*
66 Ébauche : matin, *ce sera trop tôt pour moi.*
67 Var. : *Françoise.*
68 Var. : *Françoise.*
69 *consciente de son état* : ajout interlinéaire.
70 Ébauche : bien *la raison.*
71 *Françoise… venir* : ajout interlinéaire.
72 Var. : *Françoise.*
73 Var. : *Christiane.*
74 Ébauche : vue. *Le lendemain matin.*

fit examiner les fenêtres : pas un volet n'avait bougé[75]. Il n'avait pu entrer par là. Il avait donc corrompu[76] le concierge de l'hôtel. Elle voulut le renvoyer, puis incertaine attendit[77].

Le lendemain le médecin de Christiane à qui Françoise avait demandé sitôt le départ de celle-ci de lui donner de ses nouvelles vint la voir[78]. Il ne lui cacha pas que l'état de son amie sans être irrémédiablement compromis pouvait subitement devenir désespéré et qu'il ne voyait pas de traitement précis à lui faire suivre. « Ah c'est un grand malheur qu'elle ne se soit pas mariée, dit-il[79]. Cette vie nouvelle pourrait seule avoir sur son état de langueur une influence salutaire[80]. Des plaisirs aussi nouveaux pourraient seuls modifier un état aussi profond. – Se marier, s'écria Françoise[81] mais qui voudrait l'épouser maintenant qu'elle est si malade. – Qu'elle prenne un amant, dit le docteur. Elle l'épousera s'il la guérit. – Ne dites pas d'horreurs pareilles docteur, s'écria Françoise[82]. – Je ne dis pas d'horreurs, répondit tristement le médecin. Quand une femme est dans un état pareil et qu'elle est vierge, une vie absolument différente[83] peut seule la

---

75 Var. : fenêtres *dont les volets avaient été fermés.*

76 Var. : *acheté.*

77 Ébauche : Elle *le renvoya dès le lendemain malgré.*

78 Hésitation sur les prénoms : *Christiane* inscrit au-dessus de Françoise, *Françoise* au-dessus de Christiane.

79 Var. : dit-il, *ou qu'elle n'ait pas pris ou s'il est trop tard, qu'elle ne prenne pas un amant.*

80 Ébauche : salutaire. *La fin de la virginité est la…*

81 Ms. : Françoise.

82 Ms. : Françoise.

83 Var. : une *seconde* vie ; une vie *nouvelle.*

sauver. Je ne crois pas qu'on doive, à[84] ces moments suprêmes, s'inquiéter des convenances et hésiter. Mais je reviendrai vous voir demain, je suis trop pressé aujourd'hui, et nous en reparlerons »[85].

Restée seule Françoise songea quelques instants aux paroles du médecin mais bien vite involontairement se reprit à songer au mystérieux correspondant qui avait été si adroitement audacieux, si brave[86] quand il s'était agi de la voir et quand il avait fallu lui obéir si humblement renonçant, si doux. L'idée de l'extraordinaire décision qu'il lui avait fallu pour tenter ce coup par amour pour elle, la transportait. Déjà elle s'était plusieurs fois[87] demandé qui il pouvait être et maintenant elle s'imaginait que c'était un militaire. Elle[88] les avait toujours aimés et d'anciennes ardeurs, des flammes à qui sa vertu avait refusé leur aliment, mais qui avaient embrasé ses rêves et fait passer parfois d'étranges reflets dans ses yeux chastes, se rallumaient. Autrefois elle avait souvent souhaité d'être aimée d'un de ces soldats dont le ceinturon est long à défaire, dragons[89] qui le soir au coin des rues laissent derrière eux[90] traîner leur sabre en détournant la tête et quand on les serre de trop près sur un canapé risquent de vous piquer les jambes avec leurs grands éperons, qui tous

---

84 Var. : *dans.*

85 Ébauche : reparlerons. *Mais pour [le moment] vite.*

86 Var. : qui avait *bravé tant de dangers.*

87 Var. : *souvent.*

88 Voir, à la suite du présent texte, un développement amorcé ici et formant un récit extérieur à la présente nouvelle.

89 Var. : *artilleurs, chasseurs.*

90 *derrière eux* : ajout interlinéaire.

cachent sous une trop rude étoffe pour qu'on le sente facilement battre un cœur insouciant, aventureux et doux.

Bientôt[91] comme un vent mouillé de pluie effeuille, détache, disperse, pourrit les plus embaumantes fleurs, le chagrin de sentir son amie perdue noya sous une ondée de larmes toutes ces voluptueuses[92] pensées. La face de nos âmes change aussi souvent que la face du ciel. Nos pauvres vies[93] flottent[94] désemparées entre les courants[95] de la volupté où elles n'osent pas rester et le port de la vertu qu'elles n'ont la force d'atteindre.

Une dépêche arriva. Christiane était plus mal. Françoise partit, arriva le lendemain[96] à Cannes. À la villa louée par Christiane le médecin ne permit pas que Françoise la vît. Elle était trop faible pour le moment. « Madame, dit enfin le médecin, je ne voudrais rien vous révéler[97] de la vie de votre amie, que j'ignore d'ailleurs entièrement. Mais je crois devoir vous raconter un fait qui pourrait peut-être à vous qui la connaissez mieux que moi faire deviner le secret douloureux qui semble oppresser ses dernières heures et par là lui apporter un apaisement[98], qui sait un remède peut-être[99]. Elle demande sans cesse une petite boîte, fait sortir tout

---

91 Var. : *Mais* bientôt.
92 Var. : *mauvaises.*
93 Ébauche : vies *sont à la fois volupté.*
94 Ébauche : flottent *de la volupté à la vertu.*
95 Var. : les *récits enchanteurs.*
96 Var. : le *soir.*
97 Var. : rien *trahir.*
98 Var. : *soulagement.*
99 Ébauche : peut-être. *C'est une sorte de lettre qu'elle demande sans cesse, devant elle fait sortir tout le monde reste avec.*

le monde et a avec elle de longs tête-à-tête, qui se terminent toujours par une sorte de crise de nerfs. La boîte est là je n'ai pas osé l'ouvrir. Mais étant donné l'état d'extrême faiblesse de la malade qui peut à tout moment devenir d'une grande et immédiate gravité, je crois qu'il serait peut-être de votre devoir de voir ce qu'il y a dedans. Ainsi pourrons-nous savoir si c'est de la morphine. Il n'y a pas de piqûres sur le corps mais elle pourrait en avaler. Nous ne pouvons pas refuser de lui donner cette boîte, son émotion quand on résiste est telle qu'elle deviendrait vite dangereuse et peut-être fatale. Mais nous aurions grand intérêt à savoir ce qu'on lui apporte ainsi à tout instant. »

Françoise[100] réfléchit quelques instants. Christiane ne lui avait confié aucun secret de cœur et certes elle l'eût fait si elle en avait eu. C'était certainement de la morphine ou quelque poison analogue, l'intérêt pour le médecin de savoir[101] était pressant, immédiat. Avec une légère émotion elle ouvrit[102], ne vit rien d'abord, déplia un papier, demeura une seconde hébétée, poussa un cri et tomba. Le médecin se précipita sur elle, elle n'était qu'évanouie. Près d'elle la boîte qui avait échappé de ses mains gisait et à côté le papier qui en était tombé. Le médecin lut dessus : « Allez-vous-en, je vous l'ordonne. » Françoise revint vite à elle, eut tout d'un coup une contraction douloureuse et violente puis

100 Ébauche : *Chris.*
101 *pour… savoir* : ajout interlinéaire.
102 Ébauche : ouvrit, *regarda.*

d'une voix comme[103] calmée dit au médecin : « Figurez-vous que j'ai cru voir du laudanum, dans mon émotion. Je suis folle[104]. Croyez-vous demanda Françoise que Christiane puisse être sauvée. – Oui et non, répondit le médecin. Si l'on pouvait suspendre cet état de langueur, comme elle n'a pas d'organe atteint elle pourrait se rétablir complètement. Mais on ne peut pas prévoir que rien puisse l'arrêter. Il est malheureux que nous ne puissions pas savoir le chagrin probablement d'amour dont[105] elle souffre. S'il était au pouvoir d'une personne actuellement vivante de la consoler et de la guérir, je pense, [elle] accomplirait[106] dût-il lui coûter ce devoir de stricte charité. »

Françoise fit porter immédiatement une dépêche. Elle demandait par le prochain train son directeur. Christiane passa la journée et la nuit dans une presque complète somnolence[107]. On lui avait caché l'arrivée de Françoise. Le lendemain matin elle se trouva si mal, était si agitée, que le médecin après l'avoir préparée[108] fit entrer Françoise. Françoise s'approcha, lui demanda[109] de ses nouvelles pour ne pas l'effrayer, s'assit près de son lit et gentiment la consolait avec des paroles ingénieuses et tendres. « Je suis si faible, dit Christiane, approche ton front, je veux t'embrasser. » Françoise

---

103 *comme* : ajout interlinéaire.
104 Ébauche : folle. – *Il n'y avait que ce papier dit le médecin.*
105 Var. : *ce* dont.
106 Ébauche : *ne pourrait pas.*
107 Var. : Christiane *fut assez calme.*
108 *après l'avoir préparée* : ajout interlinéaire.
109 Var. : *gaîment* lui demanda.

instinctivement s'était reculée et heureusement Christiane ne l'avait pas vu. Vite elle se domina, la baisa tendrement et longuement[110] sur les joues. Christiane parut mieux, plus animée, voulut manger. Mais on vint dire un mot[111] à l'oreille de Françoise. Son directeur, l'abbé de Tresves[112], venait d'arriver. Elle alla causer avec lui dans une chambre voisine, adroitement, sans rien lui laisser deviner. « Abbé, si un homme se mourait d'amour pour une femme, qui appartient à une autre [*sic*] et qu'il aurait eu la vertu de ne pas chercher à séduire, si l'amour de cette femme pouvait seul le sauver d'une mort prochaine et certaine, serait-elle excusable de le lui offrir, dit bientôt Françoise. – Comment ne vous êtes-vous pas répondu à vous-même[113], dit[114] l'abbé. Ce serait, profitant de la faiblesse d'un malade, souiller, ruiner, empêcher, anéantir le sacrifice de sa vie qu'il a faite à la bonne volonté de son cœur et à la pureté de celle qu'il aimait. C'est une belle mort et agir comme vous dites ce serait fermer le royaume de Dieu à celui qui l'a mérité en triomphant si noblement de sa passion. Ce serait surtout[115] pour l'amie trop pitoyable la déchéance d'y rejoindre un jour celui qui sans elle, eût chéri son honneur au-delà de la mort et au-delà de l'amour. »

On vint appeler Françoise et l'abbé, Christiane se

---

110 *et longuement* : ajout interlinéaire.
111 Var. : vint *parler*.
112 *l'abbé de Tresves* : ajout interlinéaire ; autre lecture possible : *Treste*.
113 Var. : Comment *pouvez-vous hésiter*.
114 Var. : *répondit*.
115 Ébauche : surtout *à celui qui priverait Dieu d'une telle joie*.

mourait, demandait la confession et l'absolution. Le lendemain Christiane était morte. Françoise ne reçut plus jamais de lettres de l'Inconnu.

[Le moment où Françoise rêve au militaire que pourrait être le mystérieux correspondant, sert d'embryon à un tout autre récit occupant quatre pages manuscrites, que nous reproduisons ici. L'héroïne devient anonyme, contrairement à celle de la nouvelle se trouve veuve et brûlant d'une sensualité contenue, pour la description de laquelle se développe une très longue métaphore filée d'ordre militaire – bien avant la Grande Guerre qui inspirera à l'auteur de la Recherche *le grand symbole de la stratégie militaire. Le rôle de la culture artistique, notamment Botticelli, ébauche ici l'atmosphère d'« Un amour de Swann » ; déjà la correspondance (wagnérienne ?) entre les arts tient en équilibre peinture, musique et littérature (ce seront un jour Elstir, Vinteuil et Bergotte). L'héroïne s'efface dès lors devant le portrait complaisant d'un beau militaire, qu'apparemment elle voudrait par la suite conquérir, nouvelle Phèdre devant un nouvel Hippolyte (« elle le vit, elle l'aima »). La présentation de cet amour potentiel d'une jeune femme avec un officier évoque le sujet d'*Anna Karénine*, et l'on sait que la première période de la création de Proust, incluant* Jean Santeuil*, est en affinité avec le roman russe. Incidemment, on le verra, intervient, dans ce germe de nouveau récit s'écartant de la nouvelle*

initiale, une guerre avec les Iriates, qui désignent un peuple dans la région de Milan, autour de la ville d'Iria en Ligurie, insituable entre l'Antiquité et le duché médiéval. Un lecteur contemporain de nous songe, devant cette indétermination, aux récits de Julien Gracq.]

Certes avant de s'être décidée pour la vertu[116], à l'âge des incertitudes, elle avait un goût très vif pour les militaires. Elle aimait les artilleurs dont il faut longtemps – ah! si longtemps – pour déboucler le ceinturon, les dragons qui dans la rue le soir[117] laissent traîner leur sabre en détournant la tête, et qui sur un canapé quand on les serre de trop près risquent de vous piquer les jambes avec leurs grands éperons, tous enfin lanciers, cuirassiers, chasseurs qui tous sous une étoffe trop épaisse pour qu'on le sente facilement battre[118] cachent un cœur insouciant, aventureux, pur et doux. Puis[119] l'épouvante que ses parents en l'apprenant, se désespèrent, le désir de garder dans le monde la bonne position qu'elle y occupait[120], plus que tout la noblesse indécise de son caractère[121] qui l'eût empêché [*sic*] aussi bien de renoncer à une[122] aventure imposée

116 Var. : avant *de se décider pour l'honnêteté*.
117 *le soir* : ajout interlinéaire.
118 *pour… battre* : ajout interlinéaire.
119 Ébauche : Puis *la crainte de*.
120 Var. : qu'elle *devait y occuper*.
121 Var. : la noblesse *du* caractère.
122 Var. : de *sortir d'*une.

par hasard que de tenter une aventure seulement[123] offerte conservèrent intacte sa virginité. Elle s'était mariée, était devenue veuve au bout de deux ans. Maintenant les sens prenaient leur revanche[124] non pas directement[125], mais traîtreusement en affaiblissant sa pensée, en corrompant son imagination[126], en mettant sur toutes ses idées les plus désintéressées un velouté séduisant et décevant, en parfumant d'une odeur d'amour les choses les plus austères, en jetant en elle assez de flammes pour faire luire des mirages de désir dans le désert de son cœur – et[127] par[128] cette lente dégradation de sa volonté[129] lui faisaient éprouver à sa moralité des pertes plus coûteuses que[130] s'ils lui avaient fait éprouver une défaite en apparence plus sérieuse, sur le champ de bataille de la conduite. L'extrême culture artistique, littéraire et musicale à l'aide de laquelle elle avait affiné[131] jusqu'à la volupté la plus douloureuse, une rare distinction naturelle[132] d'esprit, pendant les longs loisirs que laisse un veuvage vertueux avait groupé, harmonisé, accru toutes ses tendances. C'étaient toutes ses forces, toutes ses énergies, toute sa valeur. Lentement tout cela était en train de passer à l'ennemi. Ce fut alors que, à la suite de la petite guerre

---

123 *seulement*: ajout interlinéaire.
124 Ébauche: revanche *sur sa ra[ison].*
125 Var.: non pas *sur le champ de bataille de la conduite.*
126 En interligne: *en affaiblissant sa pensée.*
127 Ébauche: et *en énervant.*
128 Var.: *dans.*
129 Var.: de *son imagination.*
130 Ébauche: que *si elle avait pris une revanche.*
131 Ébauche: affiné jusqu'*aux voluptés.*
132 *naturelle*: ajout interlinéaire.

que nous eûmes avec les Iriates, un capitaine [133] de vingt-trois ans, Honoré [134], fut en trois années commandant, colonel, général en chef [135]. Il [136] n'avait jamais consenti à faire faire sa photographie, mais les revues et quelques portraits de maîtres [137] avaient rendu populaire sans arriver à la rendre banale sa mystérieuse beauté ! Le sourire languissant de ses lèvres rouges [138] qui se mordaient nonchalamment comme on mâchonne une fleur, la perfection [139] absolue de ses traits, la tristesse, les clartés et les ombres, la douce autorité de son regard verdâtre [140], ses cheveux courts sur les côtés mais sous le képi abondants, brillants et légers comme des cheveux d'enfant, la finesse de sa taille aux hanches accusées, la grâce [141] inimitable, abstraite et significative comme celle d'un Botticelli, d'une [*lacune*] aussi élégante [142] que celle de Brummel et aussi sensuellement enivrante que celle d'une courtisane, tout cela mêlait en lui [143] une perfection plastique si voluptueuse et une si captivante puissance qu'elles semblaient avant lui ennemies. La pensée habituellement cerne admirablement les yeux,

---

133 Var. : *lieutenant.*
134 À côté d'Honoré en interligne, on lit le nom *Nowlains* ; voir plus bas, le général de Notlains.
135 Ébauches : en chef. *Son intelligence passait pour Il passait pour un Napoléon de décadence, d'une intelligence aussi [subtile] délicate que celle des grands capitaines étant autrefois vigoureuse. La photographie.*
136 Ébauche : Il *avait.*
137 En interligne : *toutes les cérémonies publiques et militaires.*
138 *rouges* : ajout interlinéaire.
139 Var. : *pureté.*
140 Ébauche : verdâtre, *sa brillante chevelure d'enfant.*
141 En interligne : *l'élégance.*
142 Var. : aussi *savante.*
143 Var. : *lui donnaient [*sic*].*

creuse des profondeurs dans le regard, mais flétrit le teint, courbe la taille. Le général de Notlains avait échappé à ces lois[144]. Avant de le voir elle voulait l'aimer, elle le vit, elle l'aima, et à force de penser à lui lui avait donné son imagination et sans trop la préciser pour ne pas dissiper son prestigieux mystère une parfaite [*interrompu*].

144 Ébauche : lois *humaines. Elle le.*

SOUVENIR D'UN CAPITAINE

[Contrairement aux autres nouvelles que nous publions, celle-ci n'est pas inédite. Bernard de Fallois en donna une fidèle transcription dans Le Figaro *du 22 novembre 1952 (p. 7), et Philip Kolb la reproduisit, sans pouvoir en consulter le manuscrit, dans les* Textes retrouvés de Marcel Proust *(Urbana, University of Illinois Press, 1968, p. 84-86 ; rééd. Paris, Gallimard, « Cahiers Marcel Proust », nouvelle série, n° 3, 1971, p. 253-255). Le texte étant en certains endroits fortement raturé et récrit, on pourra constater de menues modifications par rapport à cette version antérieure, qui trouvent leur explication dans l'appareil des variantes.*

Dans ce souvenir (voir cahier iconographique, fig. 2), l'affinité entre les deux hommes est suggérée sans être jamais nommée. Trop près de l'expérience personnelle de Proust, peut-être en lien avec son service militaire à Orléans, du 15 novembre 1889 au 14 novembre 1890, ce récit fut abandonné. La rencontre muette du capitaine et du brigadier constitue la partie la plus achevée de la nouvelle, contrairement à sa longue introduction, faite d'ajouts mal raccordés qui peinent à constituer un tout cohérent.

*Comme le note Bernard de Fallois, l'allusion à « La tristesse d'Olympio » (*il voulut tout revoir*) sera un jour développée avec éclat par le baron de Charlus, dans* Sodome et Gomorrhe*: « C'est si beau, le moment où Carlos Herrera demande le nom du château devant lequel passe sa calèche: c'est Rastignac, la demeure du jeune homme qu'il a aimé autrefois. Et l'abbé de tomber alors dans une rêverie que Swann appelait, ce qui était bien spirituel, la* Tristesse d'Olympio *de la pédérastie» (*Recherche*, t. III, p. 437). On relevait cette expression dans le carnet 1 de 1908 (*Carnets*, p. 32); on voit que l'idée sans la formule remonte beaucoup plus tôt ici. Le capitaine étudie ses attitudes devant le brigadier comme le baron de Charlus observant le héros à Balbec (*Recherche*, t. II, p. 110-112), et est fasciné par ce jeune militaire comme le même Charlus apercevant en uniforme le violoniste Morel à la gare de Doncières (t. III, p. 225). L'adieu pour finir adressé par le capitaine à cheval au brigadier prépare en négatif l'étrange salut indifférent que, dans* Le Côté de Guermantes, *Saint-Loup depuis son tilbury adressera au héros, à l'issue d'un séjour à Doncières pourtant chaleureux: « et, s'éloignant à toute vitesse, sans un sourire, sans qu'un muscle de sa physionomie bougeât, il se contenta de tenir pendant deux minutes sa main levée au bord de son képi, comme il eût répondu à un soldat qu'il n'eût pas connu» (*Recherche, *t. II, p. 436).*

Mais l'originalité du récit est de mettre en scène à la première personne un être éprouvant une émotion homosexuelle sans même l'identifier, du moins consciemment, comme le montrent le pourquoi?

surgissant dans sa relation des faits, ainsi que l'angoisse qui s'ensuit. Plus tard, une esquisse de Sodome et Gomorrhe *explicitera le lien entre cette émergence inconsciente de l'homosexualité dans le sujet et ce qui sera devenu l'enjeu général de la* Recherche *(l'histoire d'une vocation) : « Quand on est jeune on ne sait pas plus qu'on est homosexuel qu'on ne sait qu'on est poète » (t. III, p. 954).*

*Les réflexions générales du capitaine, si leur rédaction est moins achevée que son récit, doivent retenir l'attention parce qu'elles révèlent une méditation sur la mémoire et la recréation de la réalité par la pensée qui cherche avec insistance à se former. Il en résulte d'intéressantes intuitions du futur « temps perdu », à travers ce « que la paresse et comme un petit génie d'inconscience et de "non-pensée" nous fait perdre ». La spéculation philosophique nourrie par les études de Proust est sous-jacente à ces développements opposant, comme chez Fichte, l'*en moi *et l'*hors de moi *(« Hors de nous ? En nous pour mieux dire », écrira volontiers le narrateur de la* Recherche *– t. II, p. 4), avec déjà ici ses conséquences sur la préparation du récit, qui essaie expérimentalement tour à tour les deux options narratives contraires, pour comparer le parti spéculatif qu'on pourra en retirer : en fonction des ratures, le capitaine affirme alternativement qu'il* revoit très bien *ou* ne revoit plus nettement *la figure du brigadier. Tout l'avenir du roman spéculatif de Proust est dans ces précieuses hésitations.]*

J'étais revenu passer un jour en cette petite ville de L. où je fus un an lieutenant, et où fiévreusement je voulus tout revoir, les lieux que l'amour [1] m'y [a] rendu incapable de resonger sans un grand frisson triste, et les lieux [2], si humbles pourtant, comme les murs de la caserne et notre jardinet, parés seulement des grâces diverses que la lumière porte avec elle selon l'heure, l'humeur du temps et la saison. Ces lieux-là [3] restent à jamais dans le petit monde de mes imaginations [4] revêtus d'une grande douceur, d'une grande beauté. Quand même je serais resté des mois sans y penser, tout à coup je les aperçois, comme au détour d'un chemin montant on aperçoit un village, une église, un petit bois [5], dans la chantante lumière du soir. Cour de caserne, jardinet où l'été mes amis [6] et moi

1 Ébauche : l'amour *m'y rendit inoublia[ble].*
2 Var. : les *autres* lieux.
3 Var. : *Ceux-là à jamais.*
4 Var. : imaginations *quotidiennes.*
5 Var. : un *champ.*
6 Var. : *camarades* (mot ébauché).

nous dînions[7], le souvenir sans doute peint avec cette fraîcheur délicieuse, comme ferait l'enchanteresse lumière du matin ou du soir. Chaque petit détail est là tout éclairé et me paraît beau. Je vous vois comme de la colline. Vous êtes un petit monde qui se suffit, qui existe hors de moi, qui a sa douce beauté, dans sa claire lumière si inattendue. Et mon cœur, mon cœur gai d'alors, triste pour moi maintenant et pourtant s'égayant, car il[8] ravit un moment l'autre, le malade et stérile d'aujourd'hui[9], mon gai cœur d'alors est dans ce jardinet ensoleillé[10], dans la cour de la caserne[11] lointaine et pourtant[12] si près, si étrangement près de moi, si en moi, et pourtant si hors de moi, si impossible à plus jamais atteindre. Il y est dans la petite ville de lumière chantante et j'entends[13] un clair bruit de cloches qui emplit les rues pleines de soleil.

Donc j'étais revenu[14] à passer un jour dans cette petite ville de L… Et j'avais eu moins vif que je ne le craignais le chagrin de la retrouver moins[15] que je ne la retrouvais par moment dans mon cœur, où je la retrouvais partout déjà trop peu, ce qui était vraiment triste, et par minutes, désespérant… Nous

7 Ébauche : dînions, *cour de la caserne.*
8 Ébauche : il *persuade un instant.*
9 Ébauche : d'aujourd'hui *en sa gaîté.*
10 Var. : *lumineux.*
11 *de la caserne* : ajout interlinéaire.
12 *pourtant* : ajout interlinéaire.
13 Var. : et *c'est pourquoi* j'entends.
14 Var. : *retourné.*
15 Ébauche : moins *en elle-même, qu'elle.*

avons tant d'occasions fécondes de nous désespérer, que la paresse et comme un petit génie d'inconscience et de « non-pensée » nous fait perdre. – Donc j'avais retrouvé de grandes mélancolies auprès des hommes et dans les choses de là-bas. Et puis aussi de grandes gaîtés [16] que je pourrais à peine expliquer et que 2 ou 3 amis seulement peuvent partager parce qu'ils ont vécu si complètement ma vie dans ce temps-là. Mais voici ce que je veux raconter. Avant d'aller dîner, pour prendre le train tout de suite après, j'étais allé [17] donner un ordre de me renvoyer des livres oubliés à mon ancien [*sic*] ordonnance changé de corps [18], affecté à l'autre régiment de la ville, caserné à l'autre extrémité de la ville. Je le rencontrai dans la rue à cette heure presque déserte [19] ; [20] devant la petite porte de la caserne de son nouveau régiment et nous causâmes dix minutes là dans la rue, tout illuminée par le soir, avec [21] pour seul témoin le brigadier de garde qui lisait un journal assis sur une borne, contre [22] la petite porte [23]. Je ne revois plus très nettement [24] sa figure, mais il était très grand, un peu mince avec quelque chose de délicieusement fin et doux dans les yeux et dans la bouche. Il exerça sur moi une séduction tout à

16 Var. : aussi *des gaîtés petites.*
17 Ébauche : allé *dire.*
18 Ébauche : de corps *à la caserne.*
19 Ébauche : déserte ; *il venait de sortir.*
20 Point-virgule dans ms. ; il faudrait une virgule.
21 Ébauche : avec *seulement assis sur une borne en faction.*
22 Var. : *devant.*
23 Ébauche : *La figure que je revois très bien.*
24 Var. : *bien.*

fait mystérieuse[25] et je me mis à faire attention à mes paroles et à mes gestes, essayant de lui plaire et de dire des choses un peu admirables, soit par le sens délicat, soit par beaucoup de bonté ou de fierté. J'ai oublié de dire que je n'étais pas en uniforme[26], et que j'étais dans un phaéton[27] que j'avais arrêté pour causer avec mon ordonnance. Mais le brigadier de garde n'avait pas pu ne pas reconnaître le phaéton du Comte de C. un de mes anciens camarades de promotion[28] au grade de lieutenant, qui l'avait mis à ma disposition pour la journée. Mon[29] ancien ordonnance en outre[30] terminant chaque réponse par: mon Capitaine, le brigadier savait parfaitement[31] mon grade[32]. Mais l'usage n'est point[33] qu'un soldat rende les honneurs aux officiers en civil, à moins qu'ils n'appartiennent[34] à son régiment.

Je sentis que le brigadier m'écoutait, et il avait levé sur nous d'exquis[35] yeux calmes, qu'il baissa vers son journal quand je le regardai. Passionnément désireux (pourquoi?) qu'il me regardât je mis mon monocle et affectai de regarder partout, évitant de regarder dans sa direction. L'heure avançait, il fallait partir. Je ne pouvais

---

25 Ébauche: séduction *inexplicable.*
26 Var.: que je *n'avais* pas *mon* uniforme.
27 Ébauche: et que j'étais *en* phaéton.
28 Var.: *un de mes amis.*
29 Var.: *de plus* mon.
30 Ébauche: en outre *me répondant très fré[quemment] après chaque.*
31 Var.: *ne pouvait ignorer*; ébauche: parfaitement *que j'étais.*
32 Var.: parfaitement *qui j'étais*; mon *rang.*
33 Ébauche: point *de rendre.*
34 Ébauche: appartiennent *au même.*
35 *exquis*: ajout interlinéaire.

plus prolonger l'entretien avec mon ordonnance. Je lui dis au revoir avec[36] une amitié tempérée tout exprès de fierté à cause du brigadier et regardant une seconde le brigadier qui rassis sur sa borne tenait levés vers nous ses exquis yeux calmes, je [le] saluai du chapeau et de la tête[37], en lui souriant un peu. Il se leva tout debout et tint sans plus la laisser retomber, comme on fait au bout d'une seconde pour le salut militaire, sa main droite ouverte contre la visière[38] de son képi, me regardant fixement, comme c'est le règlement, avec un trouble extraordinaire. Alors tout en faisant partir mon cheval je le saluai tout à fait et c'était comme déjà à un ancien ami que je lui disais dans mon regard et dans mon sourire des choses infiniment affectueuses. Et oubliant la réalité, par cet enchantement mystérieux des regards qui sont comme des âmes et nous transportent dans leur mystique royaume où toutes les impossibilités sont abolies, je restai nu-tête déjà emporté assez loin par le[39] cheval[40] la tête tournée vers lui jusqu'à ce que je ne le vis[sc] plus du tout. Lui saluait toujours et vraiment deux regards d'amitié, comme en dehors du temps et de l'espace, d'amitié déjà confiante et reposée, s'étaient croisés.

Je dînai tristement, et restai deux jours vraiment angoissé, avec dans mes rêves cette figure qui tout à coup m'apparaissait, me secouant de frissons. Naturellement

---

36 Ébauche : avec *assez de hauteur.*
37 Ébauche : *J'enlevai complètement mon chapeau.*
38 Var. : *collée à la* visière.
39 Var. : *mon.*
40 *déjà… cheval* : ajout interlinéaire.

je ne l'ai jamais revu et je ne le reverrai jamais. Mais d'ailleurs maintenant vous voyez je ne me rappelle plus très bien la figure, et cela m'apparaît seulement comme très doux dans cette place toute chaude et blonde de la lumière du soir, un peu triste pourtant, à cause de son mystère et de son inachèvement.

JACQUES LEFELDE

(L'ÉTRANGER)

[Nouveau récit à énigme, laquelle ne sera pas levée, faute de fin de récit. Pourquoi Jacques Lefelde revient-il chaque jour au même endroit ? Pourquoi sa tristesse se transforme-t-elle un beau jour en joie ? Le manuscrit s'interrompt avant d'avoir livré la réponse.

Ces rêveries au Bois de Boulogne autour du Lac semblent annoncer la dernière séquence de Du côté de chez Swann *: « À la fin du mois d'août dernier comme je traversais le Bois de Boulogne », lira-t-on ici. Mais l'expérience rousseauiste au fond de la barque ne livrera pas son mystère. Le nom d'écrivain Jacques Lefelde a été choisi parce qu'aucun écrivain réel n'est répertorié sous cette appellation.*

Les promenades énigmatiques du jeune écrivain Jacques Lefelde au Bois évoquent des scènes approchantes décrites par les amis de Proust, notamment Reynaldo Hahn relatant son long arrêt solitaire devant un rosier du Bengale (« Promenade », dans l'Hommage à Marcel Proust, La NRF*, n° 112, 1er janvier 1923, p. 39-40).*

Mais cet amoureux inconsolable, que l'on retrouve toujours au même coin de jardin, évoque plus précisément le récit de Stendhal, au chapitre XXIX dans De l'amour, *mettant en scène un comte Delfante qui semble être en fait un double de Stendhal lui-même, ainsi évoqué (en Lombardie): «Dans un bosquet de lauriers du jardin Zampieri qui domine le chemin que je suivais et qui conduit à la cascade du Reno à Casa-Lecchio, j'ai vu le comte Delfante; il rêvait profondément, et quoique nous ayons passé la soirée ensemble jusqu'à deux heures après minuit, à peine m'a-t-il rendu mon salut. Je suis allé à la cascade, j'ai traversé le Reno; enfin, trois heures après au moins, en repassant sous le bosquet du jardin Zampieri, je l'ai vu encore; il était précisément dans la même position, appuyé contre un grand pin qui s'élève au-dessus du bosquet de lauriers»* (De l'amour, *texte établi et présenté par Henri Martineau, Paris, Armand Colin, 1959, p. 111-112); Delfante se trouvait ainsi absorbé dans la pensée que son amour n'était pas partagé. C'est ce que Proust, dans une lettre à Daniel Halévy de 1907, appelle « ces petits récits démonstratifs que Stendhal met dans* De l'amour *»* (Correspondance, *t. XXI, p. 619).*

Jacques Lefelde fera une réapparition anonyme dans la Recherche. *C'est à Combray, dans la promenade du côté de Guermantes, le long de la Vivonne: « Que de fois j'ai vu, j'ai désiré imiter quand je serais libre de vivre à ma guise, un rameur, qui, ayant lâché l'aviron, s'était couché à plat sur le dos, la tête en bas, au fond de sa barque, et la laissant flotter à la dérive, ne pouvant voir que le ciel qui filait lentement au-dessus de lui, portait sur son visage l'avant-goût du bonheur et de la paix»* (Recherche, *t. I, p. 168).]*

Je ne rencontrais[1] plus jamais Jacques Lefelde depuis que j'avais quitté pour Passy le Pont des Arts où il habite encore[2] [*sic*]. À la fin du mois d'août[3] dernier comme je traversais le bois de Boulogne[4] pour rentrer chez moi vers 9 heures du soir j'aperçus Jacques Lefelde qui[5] se dirigeait vers le Grand Lac, il m'aperçut et détourna immédiatement la tête et pressa le pas. Bientôt je l'aperçus. Vous qui avez lu ses « essais »[6], vous savez[7] l'esprit profond, l'imagination[8] unique de Jacques Lefelde. Mais si vous ne connaissez pas l'affectueuse douceur de son caractère vous ne comprendrez pas comment j'écartai à l'instant toute idée qu'il pût être fâché contre moi et je supposai seulement qu'il allait à quelque rendez-vous. Les

1 Var. : *voyais.*

2 Var. : depuis que *j'habite Passy*; depuis que *je n'habitais plus le quartier le Pont des Arts. Il y a trois ans Un soir en rentrant chez moi par.*

3 Var. : *de juillet.*

4 Ébauche : Boulogne *par une fin d'après-midi.*

5 Ébauche : qui *marchait rapidement.*

6 Var. : ses « essais » *profonds et étranges.*

7 Ébauche : savez *quel esprit rare.*

8 Var. : *l'étrange* imagination.

journées suivantes furent belles, je continuai à rentrer chez moi à pied. Tous les jours je rencontrai Jacques Lefelde, tous les jours il m'évita. Au tournant de l'allée de la Reine Marguerite je l'apercevais de nouveau qui marchait lentement en long et en large, comme s'il attendait quelqu'un il regardait de tous côtés, parfois levait la tête vers le ciel comme un amoureux. Le quatrième jour je déjeunai chez Foyat[9] avec un ami de Jacques qui me raconta que depuis sa rupture avec la petite danseuse Gygi, rupture au moment de laquelle il avait essayé de se tuer, Jacques avait à tout jamais renoncé aux femmes. Vous comprenez que je souris. Les jours qui suivirent je ne le rencontrai pas. Un des matins suivants je lis dans *Le Gaulois*: « Notre jeune et célèbre écrivain M.[10] Jacques Lefelde part demain pour la Bretagne où il restera plusieurs mois[11]. » Ce jour-là je le rencontrai près de la gare Saint-Lazare. Je ne devais pas le revoir avant octobre sans doute, je l'arrêtai. « Je vous demande pardon dit-il mais je pars ce soir à 9 heures et je veux avant de revenir dîner aller jusqu'au Bois de Boulogne et je vais vite prendre le train de ceinture... » Je n'étais pas étonné mais je lui dis: « Vous iriez plus vite en fiacre. – Hélas, dit-il, je n'ai plus que vingt sous sur moi[12]. » Je ne voulais pas être indiscret mais je lui dis: « Je pourrais vous conduire en voiture, je vous laisserai où vous voudrez. – Hé bien

---

9 *Conjectural*; ajout en interligne.
10 *M.* : ajout interlinéaire.
11 Var. : où *etc.*
12 Une phrase en milieu de ligne : *il n'y a pas de train avant ½ heure.*

j'accepte, dit-il d'un air joyeux et embarrassé. Mais n'est-ce pas vous me laisserez à l'entrée du lac, car j'ai besoin d'être seul. » À l'entrée du lac il descendit et je m'éloignai en voiture ; mais je ne pus résister au désir d'apercevoir de l'allée parallèle celle à qui mon ami venait faire ses adieux. Le temps passait, je ne la voyais pas venir ; Jacques se promenait le long de l'eau, la tête baissée sur l'eau et tantôt les levant [*sic*] vers une futaie et les ramenant vers l'eau. Tantôt il marchait vite, tantôt ralentissait ses pas, au bout d'une ½ heure je le vis revenir, mais non point déçu comme un amant qui a vainement attendu [13], mais la tête haute, la démarche rapide, l'air glorieux. Je n'y comprenais rien, y rêvai puis n'y pensai plus. L'année dernière mon ami L. qui nommé [conjectural] ministre à XXX vint passer un mois à Paris dans l'hôtel qui est au coin du jardin du Luxembourg, j'allais voir tous les jours chez lui, quand un après-midi en le quittant je rencontrai Jacques Lefelde que je n'avais pas revu et qui paraissait fâché de me rencontrer. Il me quitta rapidement. Je rentrai mécontent. Le lendemain à la même heure je le retrouvai. Il voulut m'éviter, je l'arrêtai. La pluie qui menaçait depuis longtemps commença à tomber assez fort, nous entrâmes au Musée du Luxembourg pour nous abriter [14]. « Je ne vous ai pas revu, lui dis-je, depuis le jour où j'ai eu le plaisir d'aller avec

---

13 *toujours seul* : en ajout interlinéaire.

14 Ébauche : abriter. *Mon ami lui dis-je je ne vous ai pas revu lui dis-je depuis le jour où vous m'avez aimablement conduit au Bois, je vous suis bien reconnaissant, je vous ai dû [*conjectural*] un grand plaisir. Allez-vous toujours.*

vous au Bois, lui dis-je [*sic*]. Puis-je vous demander sans indiscrétion ce que vous alliez y faire. » Jacques est très timide[15]. Il rougit légèrement. « Je vais paraître stupide, dit-il en souriant avec douceur. Mais je vais vous dire où pour la 2e fois je dînais au chalet de l'Île et où j'étais très triste, le lac du Bois qui ne m'avait jamais frappé, me sembla si beau que le lendemain je ne pus résister au désir de retourner le voir. Pendant quinze jours j'en ai été vraiment amoureux. Je ne savais quel chemin prendre pour ne pas rencontrer de gens de connaissance car quand je n'étais pas seul avec lui, il ne me disait rien. Et le jour où vous m'avez conduit était le jour de mon départ. Je ne voulais pas partir sans le revoir encore. Et puis[16] je voulais avant de quitter Paris tirer la conclusion de l'année finie[17]. Pour me donner la force de la ressaisir, de la comprendre, de la juger, rien ne pouvait égaler l'exaltation mélancolique que je goûtais au bord de ces belles eaux dont j'étais épris et où ce soir-là le ciel se reposait si triste entre les cygnes et[18] les barques qui passaient[19] ainsi que mon esprit détachées de la terre entre les gazons[20] et les fleurs du bord, plus intenses encore à ce moment qui suit le coucher du soleil, violemment[21] réelles. Comme le jeune passeur[22] qui laissant l'autre ramer était étendu

15 *Jacques… timide* : ajout interlinéaire.
16 Ébauche : Et puis *c'était le dernier jour de.*
17 Ébauche : finie. *Où pouvais-je mieux.*
18 Ébauche : et *les brumes endormies.*
19 Var. : *glissaient.*
20 Var. : *verdures.*
21 Var. : *étrangement.*
22 Var. : *le matelot.*

au fond, mon esprit se donnait à la fois[23] le plaisir de la vitesse et du repos et glissait avec agilité sur des surfaces aussi suaves et aussi glorieuses que ces eaux enchantées, déjà rafraîchies par la nuit[24] et vernies encore par la lumière[25]. L'air était si doux qui planait sur les eaux. Et n'est-ce pas, l'esprit est un peu comme l'air. Quelque immense[26] espace que vous ouvriez devant lui il le remplit. Et l'esprit qui souffre d'être comprimé par un interlocuteur, un intérêt ou une muraille trop rapprochés s'étend joyeusement, royalement, librement dans les perspectives[27] infinies et remonte sans effort avec une vitesse enivrante et mélancolique, le cours des eaux et des années.

Puis-je vous amener encore une fois, lui dis-je, je [*interrompu*].

---

23 *à la fois* : ajout interlinéaire.
24 Var. : par *le soir.*
25 Ébauches : lumière. *En me faisant arriver à temps dans votre voiture, vous m'avez causé une bien grande Votre esprit a une telle Votre esprit est comme l'.*
26 Var. : *grand.*
27 Ébauche : les *espaces.*

AUX ENFERS

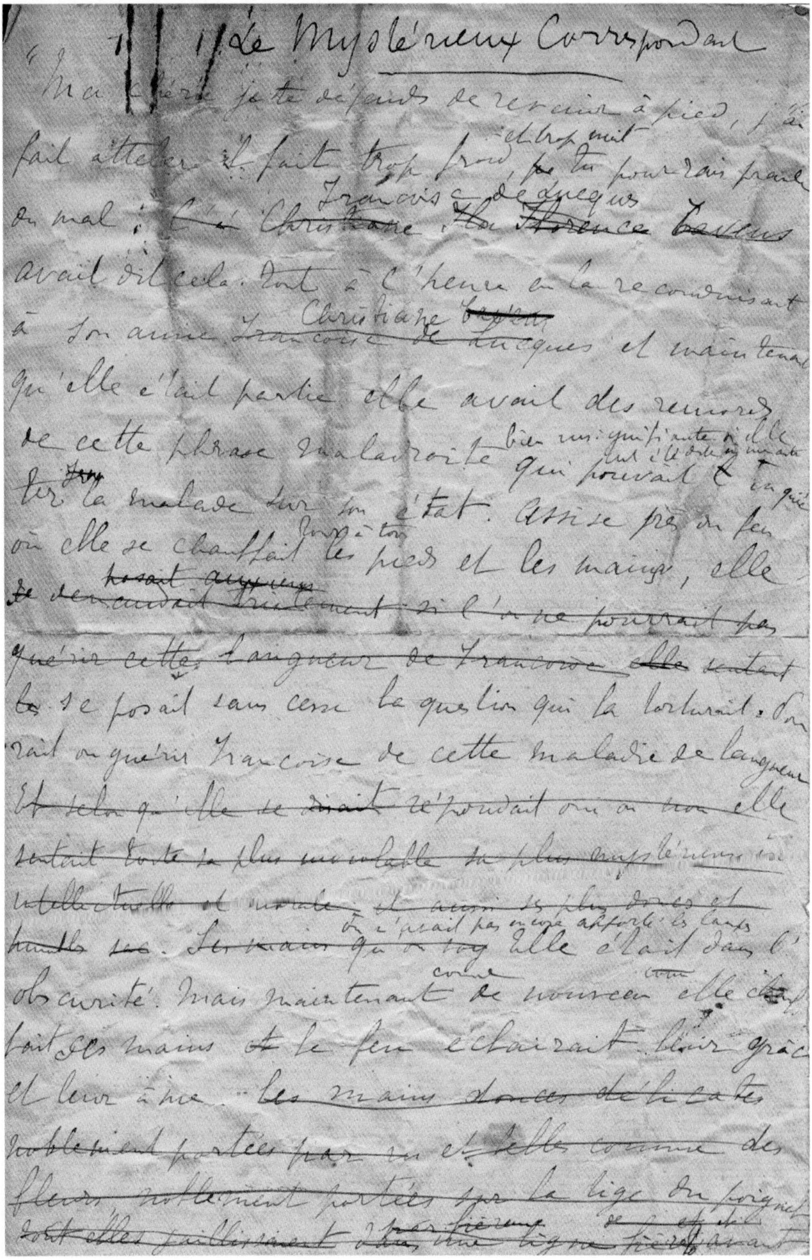

1. *Le Mystérieux Correspondant*, *incipit* du manuscrit autographe.

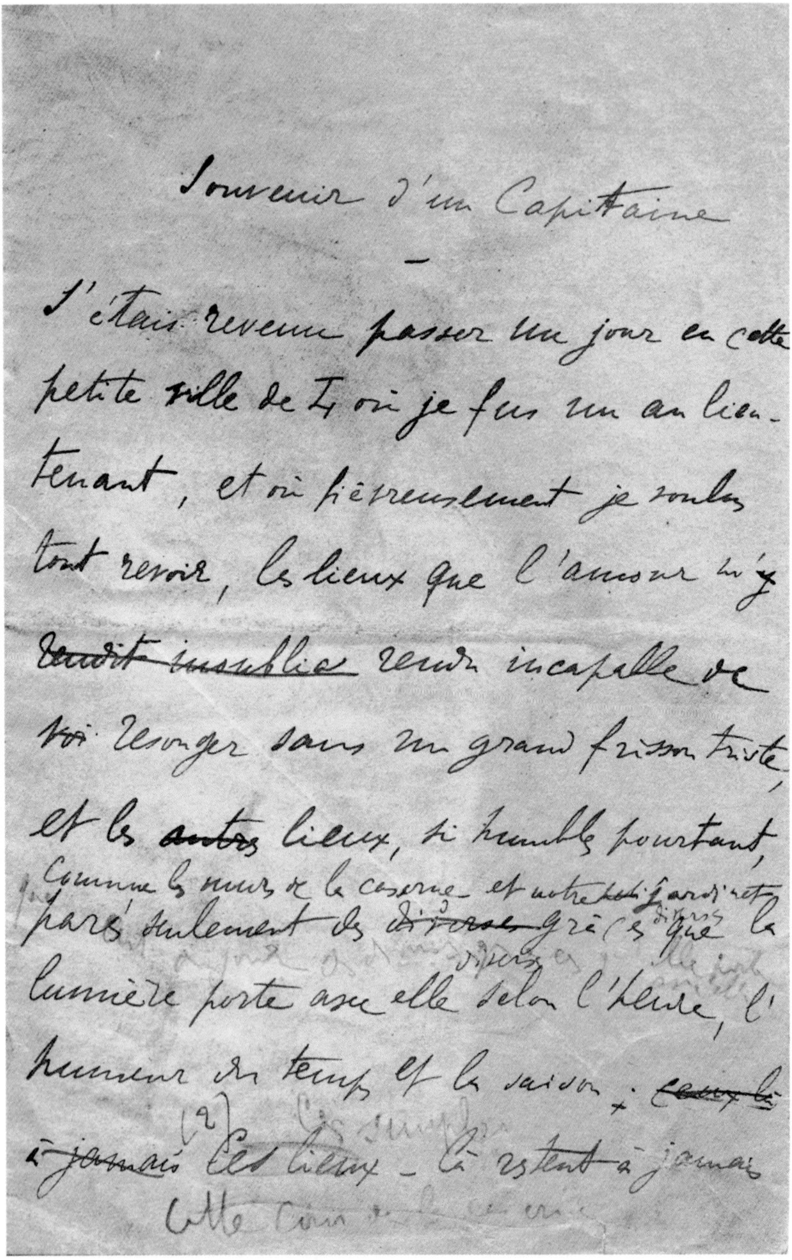

Souvenir d'un Capitaine

J'étais revenu passer un jour en cette petite ville de L où je fus un an lieutenant, et où fiévreusement je voulus tout revoir, les lieux que l'amour m'y rendit incapable de songer sans un grand frisson triste, et les lieux, si humbles pourtant, comme les murs de la caserne et notre jardin, parés seulement des grâces que la lumière porte avec elle selon l'heure, l'humeur du temps et la saison.

2. *Souvenir d'un Capitaine*, *incipit* du manuscrit autographe.

3. Carte postale reçue par Proust en 1906, montrant la cage de La Balue.

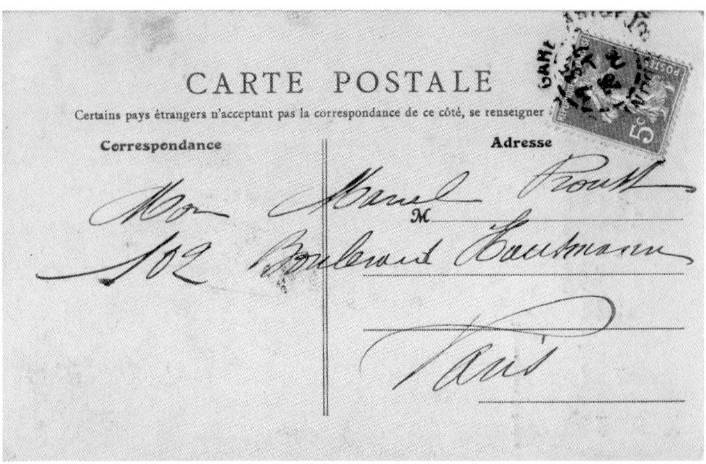

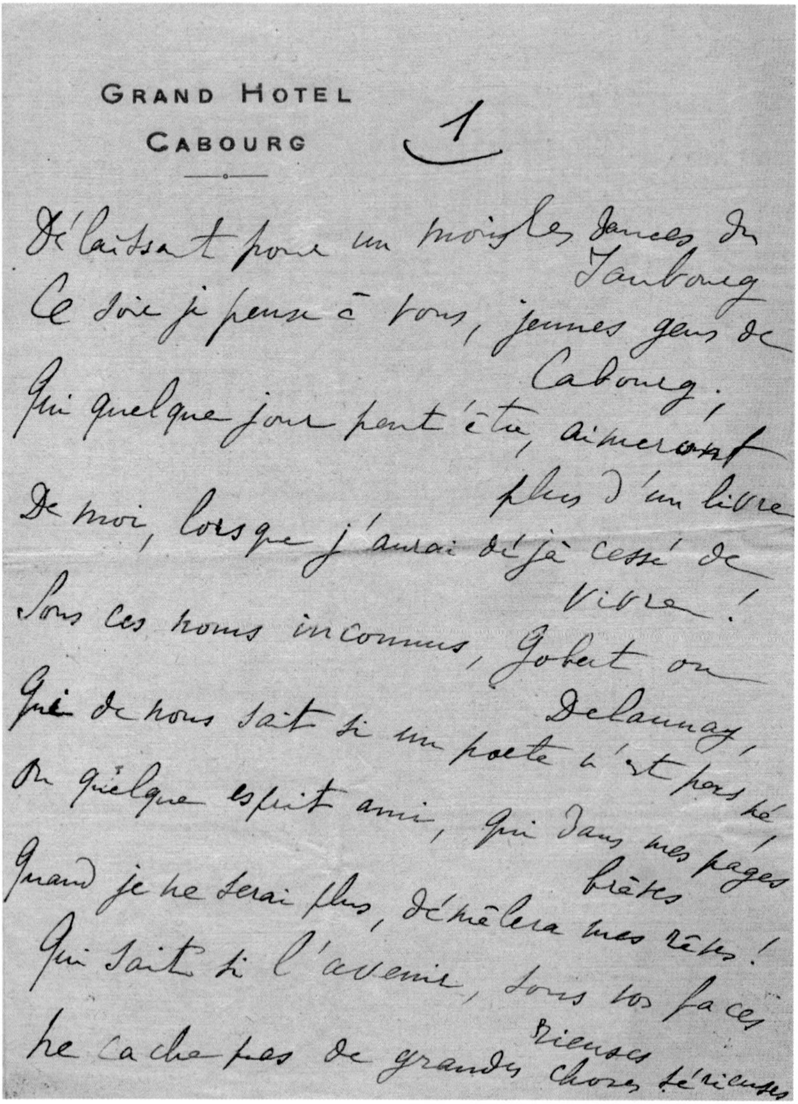
GRAND HOTEL
CABOURG

1

Délaissant pour un mois les dancings du Faubourg
Ce soir je pense à vous, jeunes gens de Cabourg,
Qui quelque jour peut-être, aimeront plus d'un livre
De moi, lorsque j'aurai déjà cessé de vivre !
Sous ces noms inconnus, Gobert ou Delaunay,
Qui de nous sait si un poète n'est pas né,
Ou quelque esprit ami, qui dans mes pages brèves
Quand je ne serai plus, démêlera mes rêves !
Qui sait si l'avenir, sous vos faces rieuses
ne cache pas de grandes choses sérieuses

4. Ode aux jeunes gens en fleurs de Cabourg, *incipit* du manuscrit autographe.

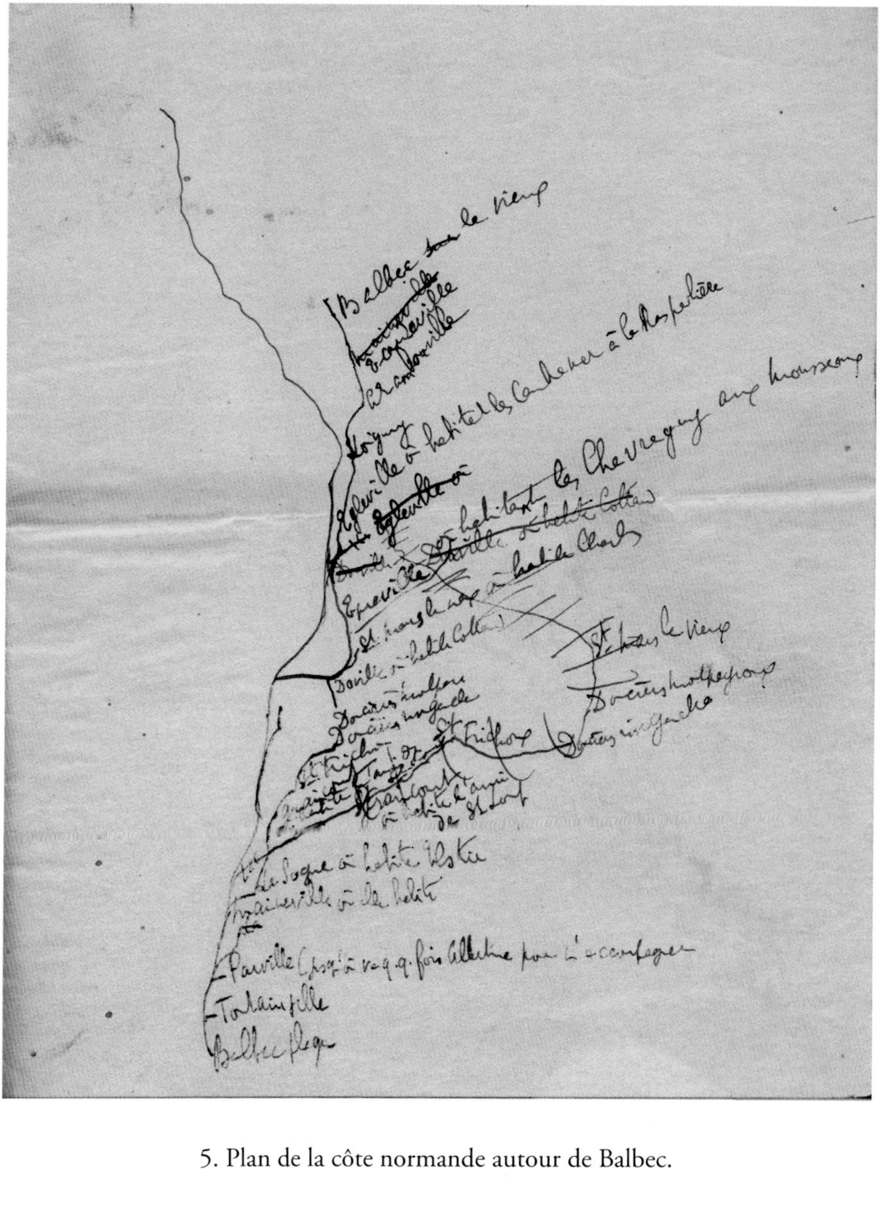

5. Plan de la côte normande autour de Balbec.

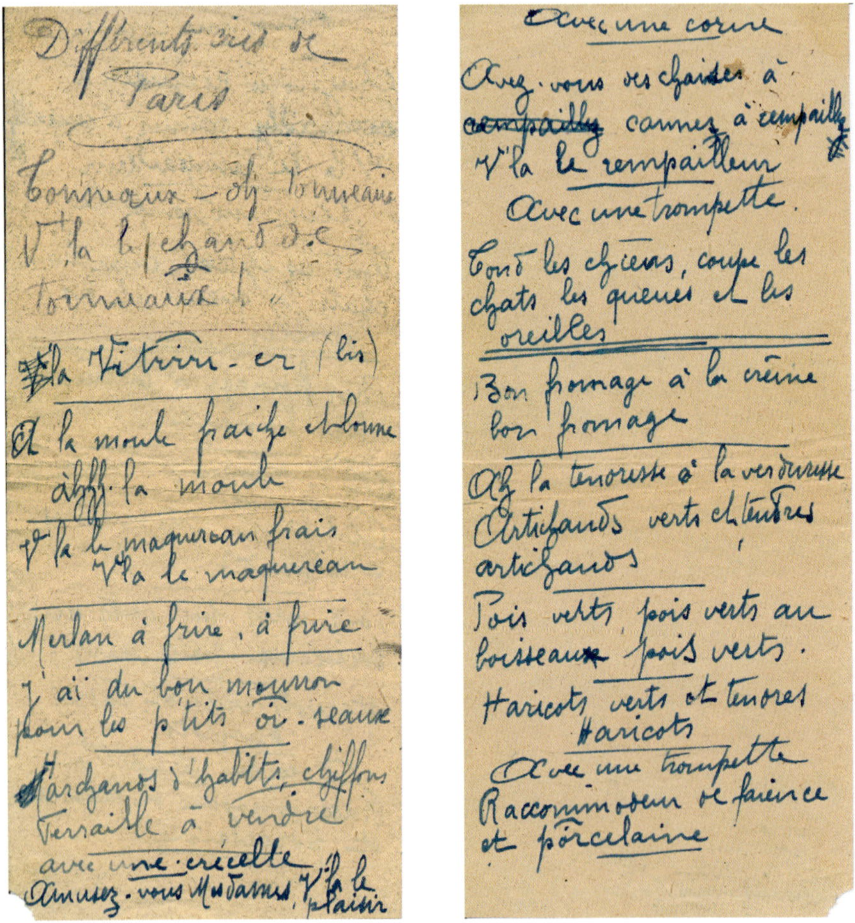
Différents cris de Paris

Tonneaux – oh tonneaux
V'là le marchand de tonneaux !

V'la Vitrier – er (bis)

A la moule fraiche et bonne
ahhh la moule

V'la le maquereau frais
V'la le maquereau

Merlan à frire, à frire

J'ai du bon mouron pour les p'tits oi-seaux

Marchands d'habits, chiffons ferraille à vendre

avec une crécelle
Amusez-vous Mesdames, V'la le plaisir

Avec une corne

Avez-vous des chaises à ~~rempailler~~ cannes à rempailler
V'la le rempailleur

Avec une trompette

Tond les chiens, coupe les chats les queues et les oreilles

Bon fromage à la crème
bon fromage

Ah la tendresse à la verdure
Artichauds verts et tendres artichauds

Pois verts, pois verts au boisseau pois verts.

Haricots verts et tendres Haricots

Avec une trompette
Raccommodeur de faïence et porcelaine

6. Notes de concierge sur les cris de Paris.

Avec un harmonica
ou un flutiau jouant des airs
de son pays. passe le
chevrier

La valence. la belle
Valence, la fraiche orange

Paris-sport l'Intran
la Presse

---

l'Intran, l'inter, la liberté
Paris-sport

Voici Monsieur quelques uns des cris les plus usuels et dont j'ai pu me rappeler, regrettant de ne pouvoir vous donner les airs et l'intonation pour ainsi dire inimitable qui caractérisent ces cris. Il y a encore le repasseur qui passe avec une cloche en criant

Couteau, ciseause rasoirs

---

le repasseur de scies qui se contente de crier - Avez des scies à repasser v'là le repasseur

Je suis content de pouvoir vous adressez ces quelques notes et je vous prie d'agréer Monsieur avec tous mes remerciements mes salutations empressées.

A. Charmel

musique petit fifre

Voilà le réparateur
de fayence et de porcelaine
Je répare le verre
le marbre le cristal
l'os l'ivoire l'albatre
et objets. d'antiquité
Voilà le réparateur

Voilà le tondeur de chie
tondeur de chi
Voilà le coupeur de cha
coupeur de chat

Racommodeur de chaises
Rempailleur
voilà le racommodeu
Rempailleur

[Cette pièce écartée s'offre comme un dialogue des morts ou un dialogue des orateurs (entre Samson, Quélus-Caylus et un contemporain, Ernest Renan, mort en octobre 1892) sur l'homosexualité : un exercice scolaire, en respectant et pastichant toutes les formes, sur un sujet interdit aux exercices scolaires, auprès duquel la dissertation de Gisèle au certificat d'études, dans À l'ombre des jeunes filles en fleurs *(*Recherche, *t. II, p. 264-268), Sophocle écrivant des Enfers à Racine pour le consoler de l'insuccès d'*Athalie, *paraîtra bien anodine. À travers la faconde oratoire des savants, on voit aussi s'y préparer la controverse entre Charlus et Brichot (ici Quélus et Renan), sur le même sujet, dans* La Prisonnière, *après l'audition du septuor chez les Verdurin (*Recherche, *t. III, p. 800-813). Les vers de Vigny qui feront l'exergue de* Sodome et Gomorrhe *bien plus tard font ici une première apparition saisissante. Tout comme la poésie, qualifiée par ce Renan fictif de* folie divine, *rejoint la* felix culpa *dans laquelle la théologie catholique voit le péché originel ayant permis la rédemption. Le titre de la pièce, « Aux Enfers », superpose la situation antique*

permettant ce dialogue des morts et le châtiment menaçant les réprouvés tel Caylus.

Plusieurs nouvelles, publiées ou inédites, tentent de rendre possible l'aveu d'homosexualité au moment d'une agonie qui désancre la culpabilité dans une lumière de fin de vie ; un pas de plus est franchi ici, à la faveur d'une représentation païenne de l'au-delà, où l'on peut discourir à distance, selon le point de vue de Sirius, puisque plus aucune expérience humaine n'est à vivre, des situations allant jusqu'à la limite de l'intolérable dans le temps de la vie.

Le contexte de la jeunesse de Proust fait à plusieurs titres son apparition. Quélus, dont le nom invite à songer au comte de Caylus mignon d'Henri III : le personnage apparaît, également orthographié Quélus selon une tradition qui remonte d'ailleurs jusqu'à Pierre de l'Estoile, à l'occasion du duel des mignons avec Bussy, dans La Dame de Monsoreau d'Alexandre Dumas père (voir Les Grands Romans d'Alexandre Dumas : La Reine Margot, La Dame de Monsoreau, Paris, Robert Laffont, coll. « Bouquins », 1992, p. 1235-1236 et 1257), roman que Proust connaît en 1893 (Correspondance, t. I, p. 245 ; il s'agit de déplorer la pièce de théâtre tirée du roman) et qu'il relit en 1896 (t. II, p. 106), et plus encore la conception développée par Samson se rapprochent de la théorie que développait naguère le lycéen à ses camarades du lycée Condorcet (ici Daniel Halévy) qui le trouvent trop pressant : « J'ai des amis très intelligents, et d'une grande délicatesse morale, je m'en flatte, qui une fois s'amusèrent avec un ami… c'était le début de la jeunesse. Plus tard ils retournèrent aux *femmes. […] Je te parlerai volontiers de deux Maîtres de fine sagesse qui dans la vie ne cueillirent que la fleur, Socrate et Montaigne. Ils permettent aux tout jeunes gens de "s'amuser" pour connaître un peu tous les plaisirs, et pour laisser échapper le trop-plein de leur tendresse. Ils pensaient que ces amitiés à la fois sensuelles et intellectuelles valaient mieux que les liaisons avec des femmes bêtes et corrompues quand on est jeune et qu'on a pourtant un sens vif de la beauté et aussi des "sens"» (*Correspondance*, t. I, p. 124).*

Le milieu familial projette aussi son ombre sur ces pages. L'albuminurie, exemple médical choisi par Quélus, est une maladie récurrente dans le versant maternel de son ascendance. Et les considérations des médecins sur la folie des poètes sont formulées peu de temps avant qu'Adrien Proust ne publie en 1897 L'Hygiène du neurasthénique *; dans* Le Côté de Guermantes, *la tirade du docteur du Boulbon sur le lien entre maladie et génie corrigera ce premier point de vue (*Recherche, *t. II, p. 600-601).*

Mais ces poètes peut-être fous offrent l'avantage, est-il souligné, de déplacer notre point de vue *sur les choses. C'est la première fois, et donc sans encore l'exemple de Giraudoux, qu'apparaît sous la plume de Proust ce qui sera, dans* Le Côté de Guermantes *(t. II, p. 622-623), le « nouvel écrivain ». La femme moderne, qu'on verra invoquée ici, deviendra la femme peinte par Renoir qu'on retrouve dans la rue, ou la Parisienne telle Albertine, sur les épaules de laquelle Fortuny a déposé un manteau extrait d'une toile de Carpaccio à Venise (*Recherche, *t. IV, p. 225-226).*

Ainsi l'écrivain en herbe dépose-t-il, dans ce dialogue oratoire et humoristique, tout un fonds qui ne demandera que des contextes romanesques pour se développer en tous sens.]

Quélus passe. Samson arrête deux ombres qui passent et montre Quélus. Voulez-vous me faire l'honneur de me présenter. L'une des deux ombres : Lequel faut-il présenter ? L'autre : À Quélus à cause du titre. Samson : Non à moi, je suis le plus vieux. La première ombre : Appelle Quélus. Le comte de Quélus. M. Samson. Quélus : Monsieur, j'ai beaucoup entendu parler de vous durant ma vie terrestre. Samson : L'ordre des temps s'opposait à la réciprocité. Nul doute sans cela que je n'eusse passé ma captivité à amasser sur vous des documents inédits. Vous m'intéressez infiniment, Monsieur. Du reste je vous avais prédit, que dis-je : La femme aura Gomorrhe et l'homme aura Sodome, Et se jetant de loin un regard irrité, Les deux sexes mourront chacun de son côté. Quélus fait un léger signe d'assentiment[1], en une élégante courbette d'homme du monde. Samson : Ah Monsieur que vous eûtes[2] raison et si chacun et moi-même en avait usé comme vous,

---

1 Var. : *salue légèrement.*
2 Var. : *avez.*

nul doute que Dalila ne se fût montrée plus coulante. Mais au reste ce n'est pas comme[3] coquetterie, indirect hommage rendu à la grâce féminine que j'approuve ces jeux de garçons. Il est d'un homme d'avoir banni loin de nous, cet être moins humain qu'animal, succédané bizarre de la chatte, étrange intermédiaire entre la vipère et la rose, la femme perdition de toutes nos pensées, poison de toutes nos amitiés, de toutes nos admirations, de tous nos dévouements, de tous nos cultes ; grâce à vous et à vos pareils[4] l'amour n'est plus une maladie qui nous met en quarantaine de tous nos amis, nous empêche de causer philosophie avec eux. Ce n'est au contraire qu'un épanouissement plus riche[5] de l'amitié, le riant couronnement de nos tendres fidélités et de ses épanchements virils. C'est comme la dialectique et le ceste des Grecs un divertissement à encourager et qui fortifie, loin de les distendre, les liens qui unissent les hommes à leurs frères. Mais mon cœur trouve une joie plus profonde encore à vous contempler enfin, Monsieur. Quel confident j'ai trouvé de mes ressentiments contre la femme, nous allons pouvoir unir nos ressentiments, la maudire ensemble. La maudire, action si délicieuse peut-être hélas, parce que la maudire c'est un peu l'évoquer, c'est encore un peu revivre avec elle. – Je voudrais Monsieur être de votre avis mais je ne le puis. Jamais une femme ne m'a troublé et je ne comprends ni l'obscur

---

3 Var. : *par*.
4 *et à vos pareils* : ajout interlinéaire.
5 *plus riche* : ajout interlinéaire.

attachement qui dans votre colère vous lie pourtant à elle par des fils douloureux et tremblants tangibles – ni l'indignation motivée qu'elle vous inspire. Incapable de causer avec vous des sortilèges[6] de la femme, je me sens plus incapable encore de la détester avec vous. J'ai quelque rancune contre les hommes, mais j'ai toujours infiniment apprécié les femmes. J'ai écrit sur elles des pages qu'on a bien voulu traiter de délicates et qui furent du moins sincères et vécues. J'ai compté parmi elles de sûres amies. Leur grâce, leur faiblesse, leur beauté, leur esprit m'ont souvent enivré d'une joie qui pour ne rien devoir aux sens n'en fut pas moins intense si elle en fut plus durable et plus pure. J'allais me consoler auprès d'elles des trahisons de mes amants et il y a quelque douceur à pleurer longuement et sans désir contre un[7] sein parfait. Les femmes me furent à la fois madones et nourrices. Je les adorais et elles me berçaient. Elles me donnaient d'autant plus que je leur demandais moins. Je fis à plusieurs une cour empreinte d'une sagacité que les bourrasques du désir ne venaient point déconcerter. Elles me donnaient en échange un thé exquis, une conversation ornée, une amitié désintéressée et gracieuse. À peine puis-je en vouloir à celles qui par un jeu cruel et un peu niais voulurent en s'offrant me faire avouer que je ne me sentais nul goût pour elles. Mais à défaut d'un orgueil bien légitime, la plus élémentaire coquetterie, la peur de compromettre

6 Var. : *séductions*.
7 Var. : *le long d'*un.

leur charme auprès d'un admirateur aussi véritable, un peu de bonté et de largeur d'esprit déconseillèrent cette attitude aux meilleures d'entre elles[8].

M. Renan passe. Taisez-vous littérateur. Comment croire en effet[9] qu'il n'y a pas plutôt[10] dans vos discours l'artifice orgueilleux du théoricien que le résumé approximatif[11] de votre [pensée]. Tout au plus vous êtes-vous caché d'aimer les femmes, ressemblant à ces convives qui dédaignent les plus beaux fruits qu'on leur présente. Ils ont goûté avant de venir au festin. Pourtant vous aimiez incontestablement les femmes. Croyez bien mon cher ami qu'il n'y a dans ces paroles nul blâme[12] au moins philosophique de ma part et ne voyez pas dans mes reproches la condamnation sans appel d'une morale trop absolue. Comment, sans mériter d'[13]être taxé d'étroitesse d'esprit, pourrions-nous nous refuser maladroitement à comprendre des jeux dont Socrate parlait avec un sourire. Ce Maître, qui aima la Justice au point de mourir pour elle, et pour ainsi dire du même coup pour la mettre au monde, tolérait sans mauvaise humeur chez ses amis les plus intimes ces pratiques aujourd'hui surannées. Et si l'éloignement dans l'espace imite assez bien l'éloignement dans le

---

8 Var : *le* déconseillèrent aux meilleures d'entre elles. Ici un paragraphe barré : *Un philosophe passe. Taisez-vous Quélus et ne parlez pas des femmes avec un détachement que vous n'eûtes pas toujours. Et puis vous êtes au moment de comparaître devant le Juge et vous feriez mieux de vous repentir. Certes.*

9 *en effet* : ajout interlinéaire.

10 *plutôt* : ajout interlinéaire.

11 Var. : *fidèle exact.*

12 Var. : *nulle critique.*

13 *mériter maladroitement d'* : ajout interlinéaire.

temps, il ne paraîtra pas absurde de dire qu'aujourd'hui encore l'Orient, si intéressant d'ailleurs à tant d'autres points de vue, reste[14] le foyer mal éteint de ces flammes étranges. Au reste l'amour comme le pensaient les Anciens est indiscutablement une maladie. Comment dès lors assimiler ces coutumes à un vice? Nul doute que l'albuminurie ne prendrait aucun des caractères de l'immoralité si chez certains elle avait pour résultat une production de sel au lieu de sucre dans les urines. Loin de moi malgré ces raisons la pensée de vous absoudre, mon cher ami. Vous avez été deux fois maladroit. Inexpiable crime si comme j'incline à le croire la vie est plutôt un jeu d'adresse. Il n'est très bon, à aucun point de vue de prendre son plaisir à caresser son temps à rebrousse-poil. Un homme qui étant doué [de] la conformation la plus habituelle de notre palais prendrait pourtant[15] l'habitude de trouver un régal le plus exquis à dévorer[16] des excréments serait difficilement reçu, au moins dans la bonne société. Certaines répulsions physiques sont plus fortes que tout et emportent notation d'infamie. Inévitablement notre dégoût et notre considération ne sauraient aller aux mêmes personnes. Et pourtant qui oserait dire que le dégoût n'est pas éminemment relatif?[17] Pourquoi vous détourner des parfums les plus exquis qu'on vous offre et vous pencher devant la bouche d'un égout, en vous persuadant que vous respirez un

14 Var. : *est.*
15 *pourtant* : ajout interlinéaire.
16 Var. : de *prendre comme mets* le plus exquis.
17 Phrase barrée : *Les fruits les plus exquis sont à votre portée, il est imprudent de vous en passer.*

parterre de fleurs. Posture assurément ni [18] plus ni moins fondée dans l'absolu que celle de l'amateur des jardins et des parfums – mais posture étrange et qui ne repose que sur une disposition physique des nerfs du nez et qui n'en doutez pas sera très remarquée. Mais vous avez commis une maladresse [19] plus grave car elle implique erreur sur cercle plus étendu, sur un degré plus subtil de la connaissance. L'amour ai-je dit est une maladie. Mais l'exaltation cérébrale ou folie en est une aussi. Nul doute pourtant que le jour où la poësie fit son apparition sur la terre elle n'eût singulièrement relevé le niveau de la folie. Presque tous les poètes sont des fous. Qui pourtant oserait en médire. Ce sont des malades disent les médecins, personnages évidemment surfaits mais parmi lesquels je compte pourtant d'amis [*sic*] infiniment distingués et chers. D'ailleurs en nous faisant mourir ne contribuent-ils pas notablement à élargir le cercle de nos connaissances et à déplacer (fort suffixe [20]) le point de vue de nos méditations. Donc les médecins disent assez raisonnablement des poètes qu'ils sont des malades, des fous. Soit. Mais bienheureuse maladie, folie divine comme disent les mystiques. L'apparition de la femme et surtout de la femme moderne sur la terre a de même considérablement ennobli la carrière utilitaire mais assez dépourvue d'horizons que l'amour semblait destiné à faire sur la terre aux premiers âges. La femme riche synonyme de consolation et d'enthousiasme a

18 Var. : Posture *étrange, bien que* ni.
19 Var. : *faute*.
20 Lecture conjecturale.

véritablement fait de l'amour une maladie sublime que vous ne pouvez que rabaisser en éliminant ce facteur de premier ordre mon cher Quélus. La différence du sexe est ici de toute importance. À qui attribuer qu'à elle ce rafraîchissement qui nous vient de notre amour pour un être si différent de nous, rafraîchissement si analogue aux jours pacifiants du travailleur de la ville qui passe des vacances à la campagne. Enfin de même que ce romantisme en lui faisant jouer un rôle plus grand encore dans la poésie édifiante a définitivement accrédité l'aliénation mentale auprès des gens de goût, depuis le XVIIIe siècle il me semble que votre erreur soit devenue une hérésie, la femme s'étant divinement perfectionnée, et s'étant enrichie de toutes les délicatesses que les esprits les plus raffinés révèrent. C'est aujourd'hui un objet d'art et de luxe qui ne peut plus craindre la concurrence. Il est vrai que vous prétendez goûter[21] des plaisirs délicats auprès d'elle et satisfaire vos sens ailleurs. Quelle complication d'existence inutile et maladroite. Le plaisir de vos sens serait enrichi et raffiné de tous ceux que la femme seule peut donner à notre imagination. D'ailleurs cette séparation dont vous parlez est-elle possible. Quelle force peut nous empêcher d'embrasser celle que nous admirons à ce point. Et je voudrais au verbe embrasser en ajouter d'autres qui choqueraient peut-être le discours d'un philosophe, du reste déjà suffisamment étendu.

---

21 Var. : *prendre.*

APRÈS LA 8e SYMPHONIE DE BEETHOVEN

[Ce texte écrit sur deux pages repose sur le jeu de l'énigme : on croit lire un monologue amoureux, jusqu'à ce que les tout derniers mots redisposent la signification de l'ensemble. Proust semble déjà avoir été mis en contact avec la théorie de Schopenhauer qui nourrira si efficacement les descriptions musicales des œuvres de Vinteuil, selon laquelle l'auditeur d'un morceau, mis en présence à titre exceptionnel par la musique de la voix de la Volonté, applique sur cette voix les Représentations que lui fournit sa fantaisie, et met ainsi en rapport instinctivement la mélodie et des images, sans que rien ne puisse justifier cette mise en rapport. Un substrat philosophique transparaît très discrètement dans ces lignes : l'essence insaisissable dans ses manifestations, la forme échappant à sa matière (Aristote), l'infini se réduisant au fini (Schelling). Mais l'allusion à la parole christique : mon royaume n'est pas de ce monde, *entoure ces considérations d'une auréole mystique fin-de-siècle que l'on retrouve dans les exergues à travers tout le recueil des* Plaisirs et les Jours.

Au voisinage du verbe refouler, *la psychanalyse*

interpréterait par rapport à l'asthme de Proust les images de l'air que l'on respire, remplissant l'espace ou rencontrant des limites et des parois, dans un contexte de désir qui s'échange ou ne se communique pas. Une autre allusion évangélique, à la promesse faite par l'ange aux hommes de bonne volonté, *réapparaîtra un jour, dans* La Fugitive, *au moment où le héros de la* Recherche *arrivé à Venise aperçoit l'Ange du Campanile et songe avec mélancolie à cette promesse, pour lui encore inaccomplie (*Recherche, *t. IV, p. 202). Entre-temps, la mélodie virevoltante de la sonate de Vinteuil aura incarné devant Swann cette essence insaisissable de l'amour, et au-delà de la vie. Devant cette beauté transitoire, le jeune auditeur d'aujourd'hui médite sur le phénomène du charme ; bien plus tard, le baron de Charlus voudrait rebaptiser le violoniste Morel Charmel. La* fantaisie, *qui reconstruit ici le royaume de la musique, est le lointain ancêtre de l'*âge des croyances *qui sera un jour la première étape dans l'évolution du héros de la* Recherche.*]*

Nous entendons quelquefois la beauté d'une femme[1], l'amabilité ou la singularité[2] d'un homme, la générosité d'une circonstance[3], nous promettre[4] la Grâce. Mais bientôt notre esprit sent que ces promesses délicieuses, l'être qui les a faites ne fut jamais en état de les tenir et il lutte avec impatience contre la paroi qui le refoule; tel[5] l'air qui comme l'esprit aspire toujours à remplir de plus vastes espaces[6], s'est précipité dès qu'on lui a ouvert un champ plus large, et de nouveau a été comprimé. J'ai été un soir la dupe de vos yeux, de votre démarche, de votre voix[7]. Mais maintenant

---

1 Début ébauché plusieurs fois: *Parfois dans l'éclat de la beauté d'une femme, dans les perspectives que nous ouvre l'amabilité d'un homme ou*; *Parfois au milieu des feux dont rayonne une belle femme, dans l'avenir*; *Nous entendons quelquefois, à voix basse, de celle d'entre nous, indistincte et présente, si fausse que souvent nous doutons après cela si nous ne l'avons pas entendu en rêve. Parfois la beauté d'une femme, l'amabilité ou la singularité d'un homme, le prestige d'une circonstance nous [murmurent] disent tout bas, comme ces mots, malentendus qu'on croit.*

2 *ou la singularité*: ajout interlinéaire.

3 Ms.: circonstances *nous murmurer, d'une voix indistincte* [barré].

4 Var.: nous *murmurer les promesses.*

5 Var.: *comme ainsi.*

6 Ms.: espaces, *si après lui avoir.* Autre ébauche: *Si un espace où est contenu de l'air s'agrandit, l'air se précipite et l'occupe tout entier.*

7 Ms. voix. *Ils m'ont.*

je sais exactement jusqu'où cela va, comme la limite est prochaine, et le moment où vous ne dites plus rien, en laissant vos yeux briller davantage dans le vague, pour un instant comme une lumière qu'on ne peut maintenir[8] longtemps à ce degré d'éclat. Et je sais aussi cher poète jusqu'où va votre gentillesse pour moi et d'où elle vient, et aussi la loi de votre originalité qui une fois découverte[9] permet d'en prévoir les régulières surprises et d'en épuiser l'apparent infini. Toute la grâce que vous pouvez donner elle est là, incapable de s'accroître avec mon désir, de varier selon[10] ma fantaisie, de s'unir à mon être, d'obéir[11] à mon cœur, de guider mon esprit. Je peux la toucher et je ne peux la mouvoir. C'est une borne. Je l'avais à peine atteinte et je l'ai déjà dépassée. Il y a pourtant un royaume[12] de ce monde où Dieu a voulu que la Grâce pût tenir les promesses qu'elle nous faisait, descendît jusqu'à jouer avec notre rêve, et l'élevât jusqu'à le diriger, lui empruntant sa forme et lui donnant sa joie, changeante et non pas insaisissable, mais plutôt grandissante et variée par la possession même, royaume où un regard de notre désir nous rend aussitôt un sourire de la beauté[13], qui se change[14] dans notre cœur en tendresse et qu'elle nous rend en infini,

---

8 Var. : *laisser.*
9 Var. : *connue.*
10 Var. : *avec* ; *à* ma fantaisie.
11 Var. : *commander.*
12 Var. : *monde.*
13 Var. : *regard que nous rendons avec un sourire et qui nous est renvoyé.*
14 Ms. : beauté, *puis un geste.*

où l'on goûte sans mouvement le vertige de la vitesse, sans fatigue [15], l'épuisement de la lutte, sans péril l'ivresse de glisser [16], de bondir, de voler, où à toute minute la force se proportionne au vouloir, et au désir la volupté, où toutes les choses accourent à tout instant pour servir notre fantaisie et la comblent sans la lasser, où dès qu'un charme [est] senti, mille charmes s'unissent à lui, divers mais qui conspirent, qui saisissent dans notre âme [*sic*], dans un réseau à toute minute plus étroit, plus vaste et plus doux : c'est le royaume de la musique.

> *[Deux pages manuscrites à part pourraient se rattacher à cette parabole. La doctrine de Schopenhauer concernant la musique est ici infléchie vers une compensation de l'incommunicabilité entre les âmes.]*

Parfois une femme ou un homme nous laisse entrevoir, comme une fenêtre obscure qui s'éclairerait vaguement, la grâce, le courage, le dévouement, l'espérance, la tristesse. Mais la vie humaine est trop complexe, trop sérieuse, trop pleine d'elle-même et comme trop chargée [17], le corps humain avec ses expressions multiples et l'histoire universelle qu'il porte écrite sur lui, nous fait penser à trop de choses pour que jamais une femme soit pour nous. La grâce sans accessoires, le courage sans frein, le dévouement sans réserves, l'espérance

---

15 Var. : *péril.*
16 Ms. : de glisser, *de nager.*
17 *trop sérieuse… chargée* : ajout interlinéaire.

sans limites, la tristesse sans mélange[18]. Pour goûter[19] la contemplation de ces réalités invisibles qui sont le rêve de notre vie, et que nous n'ayons pas seulement en face des femmes et des hommes, le frisson de leur pressentiment, il faudrait[20] de pures âmes, d'invisibles esprits, des génies qui ont la rapidité de vol sans la matérialité des ailes nous donnant le spectacle de leurs soupirs, de leur élan ou de leur grâce, sans l'incarner dans un[21] corps[22]. Car si notre corps aussi pouvait en jouir, il faudrait que le jeu de ses esprits s'incarne[23], mais dans un corps subtil, sans grandeur et sans couleur, à la fois très loin et très proche de nous, qui nous[24] donne au plus profond de nous-même[25] la sensation de sa fraîcheur sans qu'il ait de température, de sa couleur sans qu'il soit visible, de sa présence sans qu'il occupe de place. Il faudrait aussi que soustrait à toutes les conditions de la vie, il soit rapide comme la seconde et précis comme elle, que rien ne retarde son élan, n'empêche sa grâce, n'appesantisse son soupir, n'étouffe sa plainte. Nous connaissons dans ce corps exact, délicieux et subtil, le jeu de ces pures essences. C'est l'âme vêtue de son, ou plutôt la migration de l'âme à travers les sons, c'est la musique.

---

18 Ébauche : mélange. *Pour que nous en ayons plus que le frisson de leur pressentiment, il nous faudrait* (voir plus loin).

19 Var. : *avoir.*

20 Ébauche : il faudrait *que nous ayons.*

21 Var. : *leurs.*

22 Ébauches : corps. *Or pour que notre corps aussi puisse jouir de cette fête, que car la fête serait plus enivrante.*

23 En interligne : *la fête serait plus belle.*

24 *nous* : ajout interlinéaire.

25 *- même* : ajout interlinéaire.

LA CONSCIENCE DE L'AIMER

*[Texte fortement raturé, écrit sur deux pages. Ce conte est le miroir inversé du « Corbeau » d'Edgar Poe que Proust connaissait (*Correspondance, *t. X, p. 91), où un jeune homme souffrant de solitude voit entrer dans sa chambre un corbeau, qui répond systématiquement* nevermore *– jamais plus – à ses plaintes, ce qui le pousse au désespoir. Ici la souffrance amoureuse s'extériorise en un animal soyeux dont la compagnie invisible aux autres console l'amoureux éconduit.*

Encore le narrateur prend-il assez de recul pour suggérer que s'est écoulée pour lui toute une vie de semblable solitude : le réconfort est ainsi mitigé et peut-être poignant. Par là, ce court texte se rattache aux nouvelles de fin de vie *présentes dans le recueil. Il en est de même de ce personnage de roman mondain (Proust lira plus tard, en 1909,* Ginette Chatenay *de Georges de Lauris, modèle du genre), réveillé par son domestique et montant dans un fiacre – comme plus tard Swann.*

Une intense ambiguïté traverse ces lignes, entre le refus exprimé ou supposé de l'aimée, l'identité allégorique de l'écureuil-chat (les vous *étant remplacés par des* il*), la consolation ou l'accompagnement du désespoir apportés au solitaire par son compagnon secret. Proust hésite entre l'analyse et la parole, qui se remplacent et se chevauchent dans les phrases récrites, la parole directe permettant une entrée* in medias res *dans le problème psychologique, ce dont le dialoguiste de la* Recherche *saura se souvenir.*

Le domestique réveillant le sujet dans sa solitude annonce ici le valet de chambre réveillant Swann à l'issue de son rêve, à la fin d'« Un amour de Swann », et Françoise annonçant au héros que Mademoiselle Albertine est partie, *à la charnière de* La Prisonnière *et de* La Fugitive.

L'auteur des Plaisirs et les Jours *projette un tourment amoureux inavouable ici dans la fable d'un animal mystérieux, ailleurs d'un univers musical. Dès son titre, « La conscience de l'aimer », ce texte prépare le rôle des* prises de conscience *dans l'évolution du héros de la* Recherche, *et sa circulation dans le monde en étant habité par une préoccupation intérieure qui échappe à tous.]*

Jamais[1] jamais je me répétais ces mots qu'elle m'avait dits et qui par[2] le silence effroyable de l'attente[3] qui les avait précédés et du désespoir qui les avait suivis m'avaient fait pour la première fois entendre mon cœur qui prononçait avec une obstination égale ces mots toujours toujours. Et maintenant l'un blessant l'autre à mort ces deux refrains alternaient désespérément et je les entendais tout près et très profondément comme ces coups qui battent sans relâche le fond [*sic*] des plaies profondes. Aussi quand mon domestique entra me dire que la voiture[4] m'attendait et qu'il était temps d'aller[5] dîner recula[-t-il] d'horreur en voyant le plastron de ma chemine amolli[6] par les larmes[7].

---

1 Autre début barré dans ms. : *Je venais de m'apercevoir pour la première fois avec une clarté parfaite que je l'aimais et que, probablement, je n'étais pas aimé et ne le serais peut-être jamais et qu'il y avait beaucoup de chances pour que je n'en fusse jamais aimé. Aussi.*

2 Var. : *dans.*

3 Ms. : l'attente *qui avait suivi* [barré].

4 Var. : *qu'un fiacre.*

5 Var. : m'attendait *pour* aller.

6 Var. : *trempé.*

7 Phrase barrée en interligne : *Il avait eu la négligence de laisser la porte ouverte.*

Je le renvoyai, me rhabillai et me préparai à partir[8]. Mais bientôt je m'aperçus que je n'étais pas seul dans ma chambre. Une sorte de chat-écureuil vêtu d'une fourrure blanche, d'une nuance de grèbe, avec de longs[9] yeux bleus, et sur la tête une haute aigrette blanche[10] d'oiseau semblait à demi caché par le rideau de mon lit semblait m'attendre. Dieu[11] m'écriai-je me laisseras-tu mourir dans ce monde désert puisque son absence y fait perpétuellement le vide le plus absolu, dans cette solitude désespérée. Ne veux-tu pas me pardonner comme tu as pardonné à l'homme aux premiers jours de la Terre. Qu'elle m'aime ou que je ne l'aime plus. Mais l'un ne se peut et je ne veux pas l'autre. Fais briller quelque clarté comme aux premiers jours sur mes larmes. La pendule sonna huit heures. Effrayé d'être en retard[12] je sortis rapidement. Je montai dans le fiacre. D'un bond souple et silencieux, la bête blanche vint se blottir entre mes jambes avec la fidélité tranquille de quelqu'un qui ne me quitterait plus jamais. Je regardai longtemps[13] ses yeux où le bleu profond et clair des cieux sans fin semblait captif et s'étoilait d'une croix d'or. Leur vue me causait une irrésistible et infiniment douce-amère envie de pleurer. J'entrai sans plus m'occuper de vous, bel écureuil-chat

8 Var. : et *partis*.
9 Var. : *grands*.
10 *sur la tête* et *haute* : ajouts interlinéaires.
11 Passage ajouté dans les interlignes, jusqu'à *Effrayé*.
12 Var. : *Je me précipitai dans l'escalier*.
13 Var. : *mieux*.

blanc mais arrivé chez mes amis[14] à peine assis à table, me sentant si loin d'elle et parmi des gens[15] qui ne la connaissaient pas, une angoisse atroce m'étreignit. Mais aussitôt je sentis contre mon genou une caresse puissante et douce. D'un rapide mouvement de sa[16] queue fourrée de blanc la bête s'installait[17] commodément à mes pieds sous la table et comme un tabouret[18] tendit son dos soyeux[19], à un moment je perdis mon soulier et mon pied reposa sur sa fourrure[20]. Par instant baissant les yeux[21] je rencontrai vite son regard éclatant et calme[22]. Je n'étais plus triste, je n'étais plus seul, et mon bonheur était d'autant plus profond qu'il était secret[23]. « Comment n'avez-vous pas, me dit une dame après le dîner, comment n'avez-vous pas quelque bête pour vous tenir compagnie, vous êtes si seul. » Je jetai sous le fauteuil où l'écureuil-chat blanc[24] se tenait caché un regard furtif et je balbutiai : « En effet, en effet. » Je me tus, je sentais les larmes me monter aux yeux[25]. Le[26] soir en rêvant, promener mes

14 *arrivé chez mes amis* : ajout interlinéaire.
15 Var. : parmi *tant d'inconnus*.
16 Var. : *votre*.
17 Var. : *vous vous installez*.
18 Var. : *coussin*.
19 Var. : dos *pour porter mes deux pieds*.
20 Var. : fourrure, *je me sentis consolé*.
21 Var. : *la tête*.
22 Var. : calme, *et j'étais fier et consolé de ce précieux trésor ignoré de tous qui m'était survenu. "Vous avez là une jolie bête" me dit mon ami.*
23 Var. : *ignoré. Aimable bête sans bruit que vous m'avez tenu compagnie [dans ma vie] durant ma vie que vous avez mystérieusement et mélancoliquement ornée.*
24 Ms. : bleu.
25 Var. me monter *au bord des* yeux.
26 Ms. : Phrase ajoutée en interligne, jusqu'à *Fauré*.

doigts dans ses fourrures peuplait ma solitude d'autant de compagnes gracieuses et tristes que si j'eusse joué alors des mélodies de Fauré[27]. Le lendemain je me livrai [à] toutes mes banales occupations, je parcourus les rues indifférentes, je vis mes amis et mes ennemis avec une volupté rare et triste. L'indifférence et l'ennui qui teignaient toutes choses autour de moi étaient dissipés depuis que se perchait sur elle [*sic*] avec une élégance d'oiseau-roi et une tristesse de prophète l'écureuil-chat blanc qui me suivait partout. Chère aimable bête sans bruit, que vous m'avez tenu compagnie durant cette vie que vous avez mystérieusement et mélancoliquement ornée.

27 Var. : *Franck* ; *Schumann* [ébauché].

LE DON DES FÉES

[Ce conte de fées à demi inversé relate ce que disent les bonnes fées sur le berceau de celui dont la destinée est de souffrir par excès de sensibilité. On y entend comme le discours intérieur du jeune Marcel Proust, hypersensible et rivé à la maladie : la fée extériorise son pacte résigné face à une telle vie. Le don, le génie intérieur du sujet n'est pas sans rappeler le daïmon, *démon intérieur, qui habite Socrate dans l'*Apologie de Socrate *de Platon sur laquelle on trouve des notes de Proust dans ses papiers scolaires.*

Il restera quelque chose de cette situation dans la toute dernière séquence du Temps retrouvé, *le « Bal de têtes », le narrateur de la* Recherche *insistant alors sur le caractère* féerique *de cette ultime réception mondaine ressemblant à un bal masqué. On remarquera ici la façon dont l'apologue remplace peu à peu le conte. Cette dialectique du féerique et du réalisme travaille de fait tout le recueil des* Plaisirs et les Jours.

Il s'agit de deux textes disparates, et dont l'état d'avancement est différent. Le premier prépare l'essai sur Chardin et Rembrandt, mais non encore revêtu de la forme de l'apologue : « Prenez un jeune homme *de fortune modeste», etc. (*Essais et articles, *p. 372). On y voit développés les dons distribués par les bonnes fées. Le sujet est alors le théâtre d'*illuminations *qui préparent celles, éparses dans le temps perdu, du héros de la* Recherche, *jusqu'aux révélations finales qu'un brouillon du* Temps retrouvé *appellera des* illuminations à la Parsifal *(*Recherche, *t. IV, p. 1389).*

Et en contrepartie les fées déversent sur le futur être de génie toute une vie de souffrance en perspective, qui ferait volontiers dire au jeune homme accablé la formule de Baudelaire: «J'ai plus de souvenirs que si j'avais mille ans.»

*Un ami épisodique de Proust, René Peter, a témoigné de ce que (sa fréquentation de Proust se place sensiblement plus tard, en 1906) «Marcel aimait beaucoup cette expression de "vieux" en parlant de lui-même, se vieillissant d'une façon exagérée et presque ridicule» (*Une saison avec Marcel Proust, souvenirs, *Paris, Gallimard, 2005, p. 31), et qu'ainsi l'homme de trente-cinq ans frappait par «cette différence d'âge fictive» (p. 32) instaurée avec les autres. On en lira ici l'origine et les raisons affectives.*

Le renoncement aux plaisirs des sorties est ici opposé à la contemplation de tel arbre, de telle branche, dont Reynaldo Hahn a laissé un témoignage célèbre s'agissant de Proust (voir supra, *p. 79), et qui, du côté de la fiction, rend d'autant plus poignante l'exclamation du héros du* Temps retrouvé*: «Arbres, vous n'avez plus rien à me dire» (*Recherche, *t. IV, p. 433), s'ils furent les interlocuteurs obligés de celui qui ne put vivre pleinement.*

Surtout, on verra esquissée avec une étrange

netteté la situation du héros de la Recherche *espérant anxieusement pouvoir retrouver Gilberte aux Champs-Élysées. Il s'agit ici de retrouver un petit garçon, ce qui explique ses manières un peu rudes, dont quelque chose restera attaché à Gilberte. On examinera les variantes pour découvrir par quel jeu préventif le narrateur fait s'adresser la fée à une petite fille, pour que ce glissement l'autorise à espérer vivement rejoindre un camarade.*

Le second extrait, dans la tonalité des textes écartés du recueil, est l'un des documents donnant le plus intensément l'étymologie biographique des épisodes romanesques ultérieurs.]

C'est à notre berceau que les fées apportent les présents qui feront la douceur de notre vie [1]. Des uns nous savons nous servir assez vite et de nous-même [2] il semble que personne n'ait besoin de nous apprendre à souffrir [3]. Il n'en est pas de même des autres [4]. Souvent un don charmant gît [5] au fond de nous qui ne le connaissons même pas. Et il faut qu'un bon génie [6] éclaire la partie de l'âme où il est caché, nous le montre, nous enseigne sa vertu. Souvent après cette brusque illumination nous laissons le présent précieux retomber dans l'oubli inutile jusqu'à ce qu'un nouveau bon génie revienne le prendre et le mette dans notre main. Ces bons génies sont ceux qu'on appelle généralement des hommes de génie. À tous ceux

---

1 Var. : feront *la joie ou le malheur* de notre vie *en tant d'autres [*interrompu*]*. Ébauche : *Nous apprenons assez vite à nous servir de ceux qui.*

2 *et… même* : ajour interlinéaire.

3 Ébauche : *Mais pour nous gardons souvent longtemps les autres les présents.*

4 Ébauche : *La plupart d'entre nous restent longtemps Au fond de la plupart de nous.*

5 Var. : *est caché.*

6 Ébauche : génie *vienne.*

d'entre nous qui ne sommes pas des hommes de génie combien la vie serait sombre et morne si jamais il n'y avait des peintres, des musiciens et des poètes qui ne les avaient menés à la découverte du monde extérieur et du monde intérieur. Tel est le service que nous donnent ces bons génies, ils nous découvrent à nous-mêmes des forces ignorées[7] de notre âme, que[8] nous grandissons en les employant[9]. Entre[10] ces bienfaiteurs[11] je louerai aujourd'hui les peintres[12] qui nous font le monde et la vie plus belle. Je connais une dame qui en sortant du Louvre marchait les yeux fermés pour ne plus voir après les figures parfaites de Raphaël, après les bois de Corot, la laideur des passants et des rues de Paris. Les génies ne pouvaient rien lui donner au-delà du présent des fées et certes le présent des fées était de peu de paix. Pour moi quand je sors du Louvre je ne[13] sors pas d'entre les merveilles, puisque je continue ou plutôt que je commence seulement, après cette initiation, du soleil et de l'ombre sur la pierre, une humidité lustrée aux flancs des chevaux, une bande de ciel gris ou bleu entre les maisons, l'affleurement même de la vie aux prunelles brillantes ou rouillées des gens qui passent. Aujourd'hui je me suis surtout arrêté au Louvre devant trois peintres qui ne se ressemblent pas et qui m'ont

---

7 Var. : des *trésors inemployés.*

8 Ébauche : que *grandissent.*

9 Ébauches : employant. *Je voudrais aujourd'hui parler un peu du service que nous rendent remercier quelques-uns de.*

10 Var. : *Parmi.*

11 Ébauche : bienfaiteurs, *les peintres ont.*

12 Ébauche : peintres. *Qui de nous revenu d'une visite.*

13 Ébauche : je ne *quitte pas.*

rendu tous trois un service merveilleux et différent. Ce sont Chardin, Van Dyck et Rembrandt.

Une[14] fée se pencha sur son berceau et lui dit tristement :

Mon enfant,

Mes sœurs t'ont donné[15] la beauté, le courage[16], la douceur. Tu[17] souffriras pourtant puisqu'aux leurs je dois hélas ![18] joindre mes dons. Je[19] suis la fée des délicatesses incomprises. Tout le monde te fera du mal, te blessera, ceux que tu n'aimeras pas, ceux que tu aimeras plus encore[20]. Comme plus légers reproches, un peu d'indifférence[21] ou d'ironie[22] te feront souvent souffrir, tu estimeras que ce sont des armes inhumaines, trop cruelles pour que tu oses t'en servir, même contre les méchants. Car malgré toi tu leur prêteras ton âme et ta faculté de souffrir. Par là tu seras sans défense. Fuyant la rudesse des hommes, tu rechercheras d'abord la société des femmes qui cachent tant de douceur dans leur chevelure, dans leur sourire, dans la forme et le

14 Début de phrase barré en haut de page : *Contrainte par l'inexorable destin.*

15 Var. : *apporté.*

16 Var. : *la vertu.*

17 Var. : *Malgré ces dons.*

18 *hélas !* : ajout interlinéaire.

19 Var. : *Et* je.

20 Ébauches dans ms. : encore. *Tu seras sans défense contre les méchants. Leur prêtant naturellement Apercevant leur âme reflétée dans la tienne.*

21 Var. : *la plus naturelle* indifférence.

22 Var. : *la moins amère* ironie.

parfum de leur corps. Mais les plus ingénieusement amicales te feront du chagrin sans le savoir, des blessures au milieu des caresses[23] et grifferont en jouant des cordes douloureuses qu'elles ne connaissent pas[24]. On ne comprendra pas mieux ta tendresse qu'éveillera, par l'excès de ses délicatesses et de son intensité, le fou rire ou la défiance[25]. Comme les autres n'auront pas en eux le modèle de cette souffrance, ni de cette tendresse[26] qu'ils t'inspireront sans les comprendre, tu seras perpétuellement méconnu. Jamais personne ne saura te consoler ni t'aimer. Mais cependant usé avant d'avoir servi, ton corps ne résistera pas aux contrecoups des élans et des choses de ton cœur. Tu auras souvent la fièvre. Tu[27] ne dormiras pas[28], tu frissonneras sans cesse. Tes[29] plaisirs seront ainsi corrompus à leur source. Les éprouver même te fera mal. À l'âge où les petits garçons[30] vont rire et jouer, toujours tu pleureras les jours de pluie parce qu'on ne t'emmènera pas aux Champs-Élysées où tu joueras avec une petite fille[31]

---

23 Var. : caresses, *comme les chats mordent au milieu des caresses et griffent pendant qu'ils font pattes de velours.*

24 Var. : pas. *La moindre sympathie te fera tant de bien, ramènera tant partagée ta tendresse sera tellement plus subtile.*

25 Passage barré dans ms. : *Garde-la pourtant [malgré que] sans espérer [rencontrer] en faire jamais [cœur] échange avec personne. Si l'on n'est pas tendre pour toi, [un jour tu pourras réjouir un malheureux en étant tendre pour lui] tu auras pourtant occasion d'être tendre, et tu répandras généreusement ce parfum inconnu et exquis aux pieds lassés de ceux qui souffrent.*

26 Var. : tendresse *que tu éprouves.*

27 Ébauche : tu *seras toujours.*

28 Var. : Tu *dormiras mal.*

29 Var. : *Tous* tes.

30 Var. : les *petites filles.*

31 Var. : *un petit garçon.*

que tu aimeras et qui te battra, et les jours de soleil où vous vous verrez tu resteras triste de la trouver moins belle[32] qu'aux heures de la matinée où seul[33] dans ta chambre tu attendais le moment[34] de la[35] voir. À l'âge où les petits garçons[36] courent fiévreusement après les femmes[37], tu réfléchiras sans trêve, et tu auras déjà beaucoup plus vécu que les gens très vieux. Aussi quand répondant à tes parents[38] tu les entendras te dire : un jour vous ne penserez plus de même, quand vous aurez plus vécu, quand vous aurez notre expérience, tu[39] ne souriras modestement que par déférence. Voilà les tristes dons que je t'apporte, que je n'étais pas libre de ne pas t'apporter, et que tu ne peux rejeter loin de toi hélas, en les brisant, qui seront les sombres emblèmes de ta vie jusqu'à ta mort.

Alors une voix se fit entendre faible et forte, légère comme un souffle et comme les limbes dont elle venait, mais dominant toutes les voix de la terre et des airs[40] par la douce certitude de son accent : Je suis la voix de celle qui n'est pas encore mais qui naîtra de tes chagrins incompris, de tes tendresses méconnues, de la souffrance de ton corps. Et ne pouvant t'affranchir de ta destinée, je la pénétrerai de mon odeur divine.

---

32 Var. : de *le* trouver moins *beau*.
33 Var. : *seule*.
34 *le moment* : ajout interlinéaire.
35 Var. : *le*.
36 Var. : les *petites filles*.
37 Var. : *deviennent coquettes*.
38 *répondant à tes parents* : ajout interlinéaire.
39 Ébauche : tu *secoueras*.
40 *et des airs* : ajout interlinéaire.

Écoute-moi, console-toi car je te dis: La tristesse de ton amour dédaigné, de tes blessures ouvertes, je t'en montrerai la beauté, si douce que tu n'en pourras plus détacher ton regard mouillé de pleurs mais charmé. La dureté, la bêtise, l'indifférence des hommes et des femmes se tournera pour toi en divertissement car elle est profonde et variée. Et ce sera comme si au milieu de la forêt humaine j'avais débandé tes yeux et si tu[41] t'arrêtais avec une curiosité joyeuse[42] devant[43] chaque tronc, devant[44] chaque branche. Certes la maladie te privera de bien des plaisirs. Tu ne pourras guère chasser, aller au théâtre, dîner en ville mais elle te permettra de vaquer à d'autres occupations que les hommes négligent communément, et qu'au moment de quitter la vie tu tiendras[45] peut-être pour les seules occupations essentielles. D'ailleurs surtout si je la féconde la maladie a[46] des vertus que la santé ne connaît pas. Les malades que je favorise voient souvent bien des choses qui échappent aux bien portants. Et si la bonne santé a sa beauté que les gens sains ne remarquent guère, la maladie a sa grâce dont tu jouiras profondément. *[Une phrase composée d'expressions barrées.]* Puis la résignation pourra fleurir dans ton cœur que les larmes ont détrempé comme les champs après les pluies d'avril qui sont aussitôt couverts de

41 Ébauche: tu *t'arrêtais.*
42 Var.: avec *joie.*
43 Var.: *à.*
44 Var.: *à.*
45 Var.: *jugeras.*
46 Var.: *montre.*

violettes. Pour ta tendresse, n'espère pas pouvoir jamais en faire échange avec personne. C'est une substance trop rare. Mais apprends d'autant plus à la révérer. Il est amer et pourtant doux de donner sans pouvoir attendre de retour. Puis si l'on n'est pas tendre pour toi, tu auras souvent[47] occasion d'être tendre aux autres et tu répandras généreusement, avec l'orgueil d'une charité impossible à tout autre, ce parfum inconnu et exquis aux pieds lassés de ceux qui souffrent.

[On comprend maintenant que Proust se souvenait de ce texte quand il écrit à propos de Ruskin, dans l'article « John Ruskin (deuxième article) » donné à la Gazette des Beaux-Arts *du 1er août 1900 : « il aura été un de ces "génies" dont même ceux d'entre nous qui ont reçu à leur naissance les dons des fées ont besoin pour être initiés à la connaissance et à l'amour d'une nouvelle partie de la Beauté » (*Pastiches et Mélanges, *p. 129).*

47 Var. : *pourtant.*

« C'EST AINSI QU'IL AVAIT AIMÉ... »

*[Nouvelle parabole sur le rapport entre la souffrance et le bonheur qui recourt au Dieu créateur – moyen de resserrer la question morale en l'épurant de ses applications dans la société. Quand le héros d'*À l'ombre des jeunes filles en fleurs *entrera dans l'atelier du peintre Elstir, le narrateur soulignera « que si Dieu le Père avait créé les choses en les nommant, c'est en leur ôtant leur nom, ou en leur en donnant un autre qu'Elstir les recréait » (*Recherche, *t. II, p. 191). La parabole des oiseaux migrateurs annonce la comparaison qu'établira l'écrivain plus tard, entre le développement d'une vocation artistique et l'orientation d'un pigeon voyageur.]*

C'est ainsi qu'il avait aimé et souffert par toute la terre et Dieu [1] changeait si souvent son cœur qu'il avait peine à se rappeler [2] par qui il avait souffert et où il avait aimé. Or ces moments [3] dont l'attente avait fasciné une de ses années, qui ne semblaient jamais qu'approchés [4] et qu'il aurait voulu posséder jusqu'au-delà de la mort, il n'en retrouvait pas plus la trace l'année d'après [5] dans son souvenir, que les enfants ne retrouvent les traces de leurs châteaux défendus avec tant de passion, à la marée suivante. Le temps comme la mer emporte tout, abolit tout, et nos passions, non pas dans ses vagues, mais sous la calme, l'insensible et sûre montée de son flot comme des jeux d'enfant. Et quand il souffrit trop par la jalousie Dieu le détacha lui-même de celle par qui il aurait voulu souffrir toute sa vie, si par elle il ne pouvait être heureux. Mais Dieu ne le voulait pas

---

1 Ébauche : Dieu *avait.*
2 Var. : qu'il *ne se rappelait.*
3 Ébauche : moments *attendus dans la fièvre.*
4 Var. : jamais *résolus.*
5 *l'année d'après* : ajout interlinéaire.

comme lui[6], parce qu'il avait mis en lui le don du chant et ne voulait pas que la douleur l'anéantît. Aussi mit-il sous ses pas des créatures désirables et lui conseilla lui-même l'infidélité. Car il ne permet pas que les hirondelles, les albatros et les autres petits chanteurs meurent de souffrance et de froid sur la terre qu'ils habitent. Mais quand le froid va les saisir il leur met dans le cœur le désir d'émigrer afin qu'ils ne manquent point à leur loi qui n'est pas tant d'être fidèle au sol que de chanter.

6 Ébauche : lui, *et ce fut lui qui lui conseilla.*

AUX SOURCES DE LA *RECHERCHE DU TEMPS PERDU*

par Luc Fraisse

Le fonds constitué par Bernard de Fallois, légué à la Bibliothèque nationale de France, renferme des documents et manuscrits propres à faire avancer notre connaissance de Proust et de son œuvre sur toute une série d'aspects. À la différence des nouvelles inédites qui précèdent, nous quittons l'époque des *Plaisirs et les Jours* pour nous transporter aux années au cours desquelles s'élabore *À la recherche du temps perdu*. Plusieurs réajustements des savoirs acquis nous attendent, non sans surprise parfois.

Proust connaissait le sociologue Gabriel Tarde

C'est principalement Anne Henry qui, en 1981 [1], révélait que l'univers romanesque de la *Recherche* était conditionné par la théorie du sociologue Gabriel Tarde (1843-1904), qui notamment dans deux ouvrages, *Les Lois de l'imitation* et *La Logique sociale* [2], développe l'idée selon laquelle les

1 Anne Henry, *Marcel Proust, théories pour une esthétique*, Paris, Klincksieck, 1981, p. 344-365.

2 Paris, Félix Alcan, 1890 et 1895.

groupes sociaux s'agrègent par imitation du plus grand nombre de quelques inventeurs, dans le cerveau isolé de qui naissent les conceptions nouvelles, rapidement reprises par une armée de copieurs formant les couches de la société. Une société constamment travaillée par un *duel logique*, entre une conception prépondérante, triomphante et bientôt périmée, et une conception nouvelle, contestataire, minoritaire mais qui l'emportera bientôt. Dès *Du côté de chez Swann*, le petit clan des Verdurin montre le « petit noyau » des habitués imitant « la Patronne » qui donne le ton, et dès « Un amour de Swann » mais surtout dans la suite du cycle romanesque, la duchesse de Guermantes, qui quant à elle donne le ton dans le Faubourg Saint-Germain, peut se permettre ce que le sociologue appelle une *contre-imitation*, consistant à faire exception aux lois de sociabilité qu'on a soi-même inspirées.

Il est certain que tout le personnel romanesque de la *Recherche*, et jusqu'à la philosophie esthétique du narrateur, se trouvent porter la marque de cette théorie, avec des variations infinies[3]. Et pourtant, les indices manquaient cruellement, au moment de prouver que le jeune romancier avait été mis en contact avec la théorie de l'imitation, que le sociologue enseignait au Collège de France, et dont il était fait écho à l'École libre des Sciences politiques, où Proust suivait des cours parallèlement à la préparation de sa licence de Droit à la Faculté de Paris, de 1891 à 1893, juste avant la préparation à la Sorbonne de la licence de Lettres à option philosophie, entre 1893 et 1895.

---

3 Voir Luc Fraisse, *L'Éclectisme philosophique de Marcel Proust*, Paris, PUPS, « Lettres françaises », 2013, chap. XVII, « Gabriel Tarde ou la philosophie faite roman », p. 959-1038.

Deux documents nouveaux se rejoignent pour nous renseigner aujourd'hui.

D'une part, un relevé exhaustif de la bibliothèque et des archives de Gabriel Tarde révèle que le sociologue possédait trois volumes d'Adrien Proust à lui dédicacés par l'auteur[4]. Le premier est *L'Orientation nouvelle de la politique sanitaire: conférences sanitaires internationales (Venise, Dresde, Paris), règlement de police sanitaire maritime de 1896*[5]. La dédicace est faite «À M. Tarde, membre de l'Institut, respectueux hommage». Le deuxième est *La Défense de l'Europe contre la peste et la conférence de Venise de 1897*[6], dédicacé dans les mêmes termes. Le troisième est le *Traité d'hygiène*[7], dédicacé «À M. Tarde, membre de l'Institut, hommage très respectueux»[8]. Le sociologue faisait donc partie de la sphère d'Adrien Proust, apparemment comme connaissance lointaine dans le monde de l'Institut. Mais son fils écrivain?

Une page autographe apporte la preuve définitive que Proust connaissait la personne et les écrits du sociologue. Cette page, que nous transcrivons, demande à être replacée dans son contexte pour être comprise.

C'est à l'École libre des Sciences politiques que Gabriel Tarde vient professer en 1896 un cours intitulé

---

4 Voir *Le Laboratoire de Gabriel Tarde. Des manuscrits et une bibliothèque pour les sciences sociales*, publié sous la direction de Louise Salmon, Paris, CNRS Éditions, 2014, «Inventaire du fonds de la bibliothèque» établi par Jack Garçon, p. 395.

5 Paris, Masson, 1896.

6 Paris, Masson, 1897.

7 Publié en collaboration avec Henri Bourges et Arnold Netter, Paris, Masson, 1902.

8 Le contenu des dédicaces nous a été aimablement fourni par M. Jack Garçon, à qui va toute notre reconnaissance.

« Les éléments de la sociologie politique ». La leçon inaugurale a lieu le 7 janvier, devant une cinquantaine d'auditeurs[9]. Charles Benoist (1861-1936), journaliste et homme politique, livrera ses souvenirs de la leçon inaugurale en ces termes : « Je me souviens de la leçon d'ouverture que fit Gabriel Tarde, pour ce cours dont il avait en toute indépendance choisi le sujet » ; « tout en l'écoutant, je regardais ces visages élevés vers la chaire, qui, peu à peu et de plus en plus, prenaient mine de visages émerveillés. C'était, de sa part, une abondance, une richesse, une profusion d'images et de formules. C'était un jaillissement, ou plutôt un bouillonnement d'observations ingénieuses, subtiles, hardies, car l'esprit de Tarde était toujours à une haute température »[10].

La page que nous transcrivons révèle que Marcel Proust faisait partie de cette cinquantaine de visages levés vers la chaire. Le ton de ce texte induit à penser que l'étudiant entendait préparer une chronique. Voici pour ce faire ce qu'il connaissait du sociologue et de ses écrits.

> Longtemps le public n'a connu de M. Tarde qu'une chose, à savoir[11] qu'il ne le connaissait pas[12] ; son stationnement indéfini comme juge d'instruction à Sarlat fit plus remarquer ce grand

9 D'après le compte rendu de la *Revue internationale de sociologie*, 4e année, n° 1, janvier 1896, p. 86.

10 Gabriel Tarde, *Discours prononcés le 12 septembre 1909 à Sarlat à l'inauguration de son monument*, Sarlat, Michelet imprimeur, 1909, p. 87-88. Pour une mise en situation générale, voir Louise Salmon, « Gabriel Tarde et la société parisienne à la fin du XIXe siècle : rapides moments de vie sociale (1894-1897) », *Revue d'Histoire des sciences humaines*, 2005-2 (n° 13), p. 127-140.

11 Var. : *je veux dire.*

12 Ébauche : pas ; *et l'absence de tout avancement dans.*

penseur que l'avancement le plus rapide et c'est si l'on peut dire son obscurité qui fut le commencement de son illustration [13]. Fixé maintenant à Paris où il occupe dans l'administration une situation importante M. Tarde commençait [14] hier à l'École des Sciences politiques [15] son cours sur les Éléments de la sociologie. Plus intuitif que logicien, ce qui ne veut pas dire moins penseur que poète [16], parlant à la pensée [17] par la pensée sans doute mais aussi par l'imagination [18] renforçant la persuasion [19] des arguments par l'autorité des belles et grandes images, jusqu'à [20] laisser entrer parfois dans le solide tissu d'un raisonnement, les fils mystérieux de l'analogie, les éclatantes broderies de la métaphore, M. Tarde a fait une leçon que lui seul [21], philosophe poète comme M. Darlu pouvait faire, et où, pour en faire mieux sentir la grandeur et la poésie il prolonge à tout moment [22] jusque dans les royaumes des plantes et des étoiles les lois qui régissent les sociétés. L'admirable auteur des *Lois de l'imitation* devait comme un Emerson, comme un Carlyle, faire dans la sociologie une grande place aux individus, et surtout à ces individus plus large-

13 Ébauche : illustration. *Il commençait.*
14 Var. : *faisait.*
15 Ébauche : politiques *où il traitera tous les mardis.*
16 Ébauche : poète, *[éblouissant] ravissant l'imagination au moment même où elle.*
17 Var. : *au langage.*
18 Ébauche : imagination, *[ajoutant aux arguments] ajoutant à l'autorité.*
19 Var. : *l'autorité.*
20 Ébauche : jusqu'à *mêler parfois.*
21 Ébauche : seul, *ou quelque poète.*
22 *à tout moment* : ajout interlinéaire.

ment assimilables par la société et qu'on appelle des grands hommes. « Le grand homme vient[23] à son heure, ou à son heure à lui. Mais pour l'heure de[24] son pays il la retardera ou il l'avancera à sa guise. » M. Tarde retardera comme il voudra la nôtre. Quand à 3 heures ¼ il s'est excusé d'avoir retenu si longtemps ses auditeurs, de longues exclamations lui ont prouvé que, d'après les lois de l'imitation sans doute, nous étions déjà façonnés à sa manière discursive de parler, et que nous ne lui demandions qu'une chose, « la répétition fréquente » pour le citer « de son individualité originale ».

Un théoricien de la volonté

Sur un bout de papier, Proust a noté un titre et un auteur, « *La Volonté de la métamorphose* par Joseph Baruzzi [*sic*] ».

Il s'agit de Joseph Baruzi, *La Volonté de la métamorphose* ayant paru en 1909 puis 1911 chez Bernard Grasset.

Qu'a pu apporter cette lecture à Proust romancier ?

Il est bien évidemment référé dans ce livre principalement à la Volonté de Schopenhauer[25]. Mais l'auteur cite à l'occasion Nietzsche[26], *Matière et Mémoire* de Bergson[27], par allusion Kant : « aucune sensation n'est

23 Var. : homme *a-t-il dit* vient.
24 Var. : *celle* de.
25 *La Volonté de métamorphose*, *op. cit.*, p. 108-111 : il s'agit de la théorie de l'amour selon Schopenhauer (résumé sans être nommé).
26 *Ibid.*, p. 127-129.
27 *Ibid.*, p. 132-133.

possible, sinon de phénomènes circonscrits dans l'espace et déterminés dans le temps »[28]. Une description indirecte de la monadologie de Leibniz[29] aboutit à cette remarque placée au cœur de l'esthétique proustienne : « Tout se passe comme si notre effort le plus intime était d'amasser une image du monde qui n'eût pu être tracée en aucun autre être »[30], où l'on voit se préparer telle maxime du *Temps retrouvé* : « Ce que nous n'avons pas eu à déchiffrer, à éclaircir par notre effort personnel, ce qui était clair avant nous, n'est pas à nous. Ne vient de nous-mêmes que ce que nous tirons de l'obscurité qui est en nous et que ne connaissent pas les autres[31]. »

Ce livre a pu éclairer dans l'esprit de Proust son rapport problématique à Schopenhauer. Problématique du fait que sa conviction inébranlable que la création artistique résulte d'un effort strictement individuel (on a vu dans le texte ci-dessus que Carlyle et Emerson l'intéressent en tant qu'ils mettent en œuvre une telle conviction), ne peut se concilier avec le concept schopenhauerien de Volonté selon lequel une force vitale globale s'individue dans chaque esprit. Si les métaphysiques de l'amour et de la musique selon Schopenhauer se conjuguent dans « Un amour de Swann », la rupture semble se consommer à l'audition du septuor dans *La Prisonnière*, « comme si, en dépit des conclusions qui semblent se dégager de la science, l'individuel existait »[32]. Or, on voit Joseph Baruzi tenter de concilier

28 *Ibid.*, p. 140.
29 *Ibid.*, p. 136-137.
30 *Ibid.*, p. 157.
31 *Recherche*, t. IV, p. 459.
32 *Ibid.*, t. III, p. 760.

justement la Volonté schopenhauerienne et l'individualité : « Si en effet une force ultime, d'intensité variable selon les êtres, veille au plus secret de chacun de nous, – pleine de ruses imprévisibles et d'audaces obstinées, puis vacillante çà et là, – comment serait-elle partout soumise à un destin identique ? Dès maintenant, nul instant où elle ne s'exprime par l'invention vivante du corps et de l'esprit ; mais jamais elle ne se confie tout entière à l'attitude ou à la pensée qui la traduisent furtivement. Sans trêve pourtant tout le geste multiple où elle se déploie l'amplifie ou la restreint. Et ainsi, pour chaque homme, des termes jusque-là inconnus et qui ne seront jamais renouvelés formulent de façon perpétuellement changeante, et comme en une variable équation dynamique, un problème qui sera posé cette seule fois[33]. » Proust développera la métaphore du kaléidoscope, pour rendre ce processus. Dès lors, conclut l'essayiste, « on voit que ce qui importe avant tout en chaque être, c'est ce qu'il a d'irréductible »[34]. Et c'est ce qui importe à Proust aussi.

Ce traité de philosophie tend au futur romancier un moyen pour concevoir ses personnages, qu'explicitera bien plus tard le narrateur de *La Prisonnière* : « moi qui pendant tant d'années n'avais cherché la vie et la pensée réelles des gens que dans l'énoncé direct qu'ils m'en fournissaient volontairement, par leur faute j'en étais arrivé à ne plus attacher, au contraire, d'importance qu'aux témoignages qui ne sont pas une expression rationnelle et analytique de la vérité ; les paroles elles-mêmes ne me renseignaient qu'à

33 *La Volonté de métamorphose*, *op. cit.*, p. 122-123.
34 *Ibid.*, p. 157.

la condition d'être interprétées à la façon d'un afflux de sang à la figure d'une personne qui se trouble, à la façon encore d'un silence subit »[35]. Le philosophe soulignait de son côté : « On ne pénètre pleinement telle impression ou telle opinion d'un être étranger que quand on en découvre le rapport avec telle attitude familière de cet être, telle inflexion de sa voix ou tel frisson de ses yeux. Alors seulement l'état de conscience, dont fréquemment par les mots rien ne fut exprimé que de banal, est saisi en ce qu'il comporte d'unique et d'irréductible. On le situe dans un drame, somptueux ou mesquin, qui ne ressemble à aucun autre, et dont il est l'un des instants. Drame le plus souvent insoupçonné du personnage même dont il retrace l'aventure. Il figure comment, à travers une série de maladresses ou de réussites, une obscure aspiration incluse dans un homme s'ingénie à se préciser »[36]. La voie du narrateur proustien sera de déchiffrer les êtres sous l'apparence.

Si le temps perdu et le temps retrouvé selon Proust n'avaient jamais été formulés par personne, seule la *Recherche* donnant une dimension théorique, romanesque et imaginative spécifique à ces deux concepts, on voit se dessiner dans le traité de Joseph Baruzi les chemins qui conduisent à ces deux pôles opposés.

La stagnation du héros dans l'ère du temps perdu s'esquisse à travers plusieurs formules : « tout le possible que nous portons, et qui gémit sourdement de ne se point réaliser »[37] ; « ce qui avant tout caractérise chacun, ce sont *ses*

35 *Recherche*, t. III, p. 596.
36 *La Volonté de métamorphose*, *op. cit.*, p. 112-113.
37 *Ibid.*, p. 21.

pensées inutiles»[38]; ou encore: «notre puissance psychique dépend de l'inachevé que nous portons en nous»[39].

Mais il faut prendre garde à «ce sens confus et intermittent» qui «coïncide peut-être avec la mystérieuse volonté de création»[40]. La notion d'*intermittence* sera prégnante chez Proust; elle l'était dans le cours professé par Alphonse Darlu au lycée Condorcet. La dispersion dans le temps perdu n'est ainsi que la préparation d'une unification dans le temps retrouvé, ce qui, à cette heure antérieure à la *Recherche*, s'exprimerait ainsi: «nous éprouvons qu'entre d'hostiles fragments de notre conscience il y a une amitié secrète, et que nos événements morcelés constituent une histoire unique»[41].

Le temps retrouvé est restitué par la mémoire – une certaine forme de mémoire. Joseph Baruzi fait dériver de Schopenhauer deux formes de mémoire: «Pour devenir notre représentation il [le monde] dut être d'abord, en quelque mesure, notre volonté. Si nous sommes avertis de notre persistance et sentons la présence de l'univers, c'est qu'en nous le passé non seulement se garde mais qu'en-dessous de la mémoire fragmentée et précise déferle une confuse magnificence, une mêlée de souvenirs sans date, une mémoire immémoriale»[42]. Dès lors s'esquisse la définition préproustienne d'une *mémoire involontaire*: «Qui d'entre nous, s'il se replie vers son passé, n'y retrouve çà et là, parmi les vestiges mutilés, quelque empreinte intacte, quelque événement dressant son impérieuse

38 *Ibid.*, p. 27.
39 *Ibid.*, p. 29.
40 *Ibid.*, p. 75.
41 *Ibid.*, p. 13.
42 *Ibid.*, p. 8.

stature au-dessus de la monotonie des jours ? Images indélébiles, dont reparaissent les détails les plus menus. Mais en même temps qu'elles précisent leur relief et accusent leurs angles, elles font s'émouvoir autour d'elles, et tournoyer, et voler vers nous, une dansante fantaisie et tout un essaim capricieux. Elles propagent jusqu'en nos heures découronnées le fracas de nos rires anciens et le battement d'ailes des désirs que nous méconnûmes. Nous n'avons su réaliser qu'une infime partie des possibles enclos en nous. Et elles nous portent le soupir de tous les nous-mêmes que nous avons sacrifiés »[43].

Cette sorte de mémoire involontaire préfigure celle de Proust par la force attractive qui lui permet de s'agréger, à partir de la résurrection d'un souvenir précis, tout ce qui entourait ce souvenir. Encore y a-t-il loin de ces réflexions fluctuantes au souvenir ressuscité par la madeleine. Si la connaissance de cet ouvrage de philosophie n'est attestée nulle part ailleurs que sur ce coin de manuscrit de la main de Proust, l'influence de sa lecture n'est pas déterminante.

En revanche, *La Volonté de métamorphose* ayant paru en 1909 et 1911, il faut remarquer que Proust resta attentif aux productions de la philosophie bien après la fin de sa licence à la Sorbonne (1895). Il serait faux de prétendre qu'en lui, le romancier a définitivement extirpé le philosophe. Pour somptueuse qu'elle soit, la mise en scène du souvenir involontaire, à travers l'épisode de la madeleine, s'est élaborée au voisinage fort informé de ce qui s'écrivait sur ces questions à l'époque immédiatement contemporaine de la *Recherche*.

---

43 *Ibid.*, p. 10-11.

Avant « Longtemps je me suis couché de bonne heure »

On possède déjà beaucoup d'esquisses du tout début de *Du côté de chez Swann*[44]. Plusieurs bouts de papier séparés préparaient aussi ce début. Voici le premier :

« Pendant de longues années, chaque soir, quand je venais de me coucher je lisais quelques pages d'un traité d'architecture qui était près de mon lit, puis, souvent, à peine ma bougie éteinte, mes yeux se fermaient si vite que je n'[*interrompu*]. »

Et le deuxième : « Pendant bien des années, le soir, quand je venais me coucher souvent à peine ma bougie éteinte mes yeux se fermaient si vite que je n'avais pas le temps de me dire : je m'endors. Et ½ heure après la pensée qu'il était temps de chercher le sommeil m'éveillait, je voulais souffler ma lumière, jeter le journal que je croyais avoir encore en main ; en dormant j'avais continué à penser à ce dont il parlait mais je me figurais que j'étais moi-même la symphonie nouvelle, les députés qui avaient voté contre le ministre [*interrompu*]. »

Autre version : « Autrefois[45], à peine ma bougie éteinte mes yeux se fermaient si vite[46] que je n'avais pas le temps de me dire je m'endors et souvent une demi-heure après l'idée qu'il était temps de chercher le sommeil m'éveillait ; je voulais poser le livre[47] que je croyais avoir encore en

---

44 Voir *Recherche*, t. I, p. 633-658.
45 Var. : *Pendant bien des années.*
46 Var. : *je m'endormais* si vite.
47 Ébauches : je voulais *éteindre souffler ma lumière.*

main et souffler ma lumière ; j'avais pensé en dormant aux pages que j'avais lues mais je ne doutais pas que je ne fusse moi-même ce dont elles parlaient, une église, un quatuor, le [*mot illisible*] entre deux femmes. »

Ces versions contenaient beaucoup plus d'attaches à une situation pouvant se mettre en place, ce que refusera la version définitive : *longtemps* restera volontairement beaucoup plus vague que *pendant de longues années* ou *bien des années*, *chaque soir* instaurait une temporalité vécue, *quand je venais me coucher* donnait à voir le héros, les temps étaient ceux du récit, quand le passé composé de la version finale instaure seulement un rapport direct entre le héros et le narrateur, ce dernier opérant, dans un aujourd'hui énigmatique, un bilan de son expérience passée.

On opérerait la même constatation dans une première ébauche de l'épisode de la madeleine, qui rendait le cadre vécu de la scène plus concret : « C'est ce qui m'arrive pour Combray. Il y a quelques années l'hiver fut très froid. En rentrant un jour où la neige menaçait, mon feu ne tirant[48] pas, ne pouvant me réchauffer, Françoise me dit qu'elle allait me faire un peu de thé. »

Ces détails discrètement enlevés donneront au narrateur, ou plutôt ici à celui que Marcel Muller a appelé le sujet intermédiaire[49], une situation plus insituable, plus énigmatique, et par là plus souveraine.

Les souvenirs de lecture qui flottent dans la pensée du sujet en train de s'endormir pourraient constituer une

---

48 Var. : ne *flambant*.

49 *Les Voix narratives dans la "Recherche du temps perdu"*, Genève, Droz, 1965.

discrète réminiscence du drame du coucher autrefois à Combray, dont une esquisse précise : « je m'efforçais de lire quelques lignes, de regarder de belles roses, d'écouter un piano qu'on entendait dans la maison à côté, mais rien ne peut pénétrer dans le cœur quand on a trop de chagrin ».

La mention du piano entendu pourrait suggérer que la scène de Combray a été d'abord localisée dans une plus grande ville. Au 102 boulevard Haussmann, appartement habité bien après l'enfance, Proust avait pour voisine une pianiste chevronnée, Mme Williams[50].

Une page de l'ouverture de *Du côté de chez Swann*

La page bien connue commençant par « Un homme qui dort »[51] se présentait ainsi dans un brouillon ancien, préparé sur des feuilles détachées :

> Un jeune homme qui dort, les bras répandus, tient[52] en cercle autour de lui le fil des heures, l'ordre des années et des mondes. Il les consulte au réveil[53] mais leurs rangs fragiles peuvent se rompre, se mêler[54]. Soit[55] que le sommeil brusquement l'ait pris tourné sur un côté où il ne[56] repose pas d'ordinaire, aussitôt les myriades des étoiles tombent à terre et s'éteignent, quoique ce soit[57] à peine le

50 Voir ses *Lettres à sa voisine*, Paris, Gallimard, coll. « Blanche », 2013.
51 *Recherche*, t. I, p. 5.
52 Ébauche : tient *rangés*.
53 *Il… réveil* : ajout interlinéaire.
54 Ébauche : se mêler. *Qu'il bouge, qu'il fausse la flexion de ses membres.*
55 Ébauche : Soit *qu'il s'endorme*.
56 Ébauche : ne *pensait pas s'attarder*.
57 Ébauche : ce soit *le moment*.

commencement de la nuit et qu'elles brillent de leur plus vif éclat dans le ciel. Et[58] s'il s'éveille[59] alors, il s'imaginera que c'est déjà le matin. Que vers le matin au contraire après quelque insomnie, le sommeil le prenne pendant qu'[60] il lit dans une position trop divergente de celle où il dort habituellement, il suffit de son bras soulevé pour arrêter le soleil[61], pour le faire reculer, et quand il rouvre[62] les yeux, avant de voir bien clair, il croira qu'il vient à peine de se coucher. Que s'il s'assoupit dans une position plus déplacée encore, tout à fait excentrique, par exemple après dîner[63] assis dans le fauteuil du salon, alors[64] le bouleversement sera complet dans les mondes désorbités. Le fauteuil magique lui fera franchir en un instant les lieues et les jours et en s'éveillant il se croira[65] quelques mois plus tôt, aux bains de mer.

Chronique de la famille Swann

Divers brouillons sur papiers détachés visaient à étoffer les renseignements concernant Swann et sa famille.

« Mon grand-père avait beaucoup connu M. Swann, le père. Il nous parlait souvent de lui, de sa sensibilité profonde mais bizarre. »

---

58 Ébauche : Et *quelques instants après.*
59 Ébauche : s'éveille *de ce premier sommeil.*
60 Var. : *quand.*
61 Ébauche : soleil *qui se levait.*
62 Var. : *rouvrira.*
63 Var. : après *le* dîner.
64 Ébauche : alors *l'ordre des mondes.*
65 Ébauches : se croira *dans couché dans un lit.*

Et dès lors, trois papiers travaillent à décrire l'ascension mondaine de la mère de Swann.

La comparaison des documents indiquait déjà que la jalousie de Swann pour Odette reprenait certains éléments des lettres adressées par Proust à Reynaldo Hahn en 1895-1896[66]. Dans ces brouillons, une feuille comprend un dessin de Swann avec un chapeau, intitulé : « Pour Reynaldo Hahn », le reste de la feuille étant couvert d'ébauches sur Swann et Odette.

Le mariage de Swann, qui a lieu dans l'hiatus entre « Un amour de Swann » et « Noms de pays : le Nom », reste inexpliqué. A-t-il eu pour cause la conception de Gilberte ? Une esquisse en propose l'explication, ainsi formulée : « Peu de gens comprirent ce mariage[67], qui auraient dû pourtant savoir que les vieilles liaisons ont un peu de la douceur et de la force des affections de famille. Odette [*interrompu*]. »

Peut-être peut-on interpréter dans ce sens une affirmation toute générale, contenue dans une lettre de décembre 1917 à la princesse Soutzo : « je sais que les idées, même méprisées, ne périssent pas immédiatement dans l'esprit où on les a introduites, qu'elles y exercent leur influence »[68]. Proust avait écrit à Robert de Montesquiou, dès juin 1897 : « la suite des circonstances n'étant qu'un autre aspect du développement de notre nature, tout ce qui fut un désir devient un fait. *Mais quand on ne le désire plus* »[69].

---

66 Voir *Recherche*, t. I, notice d'« Un amour de Swann », p. 1181-1183.
67 Ébauche : ce mariage, *bien qu'il soit si aisé*.
68 *Correspondance*, t. XVI, p. 337.
69 *Ibid.*, t. II, p. 197 ; souligné par Proust.

Les modèles masculins de Gilberte

On a vu, dans « Le don des fées », se préparer l'épisode du troisième chapitre de *Du côté de chez Swann*, où le héros scrute anxieusement le temps qu'il fait, qui conditionnera la possibilité d'aller aux Champs-Élysées retrouver Gilberte : « Aussi si le temps était douteux, dès le matin je ne cessais de l'interroger, et je tenais compte de tous les présages. Si je voyais la dame d'en face qui, près de la fenêtre mettait son chapeau, je me disais : "Cette dame va sortir ; donc il fait un temps où l'on peut sortir : pourquoi Gilberte ne ferait-elle pas comme cette dame ?" »[70].

Nous savons maintenant que cet épisode s'est ébauché très longtemps à l'avance (à une époque proche d'expériences semblables, chez le jeune écrivain) : « À l'âge où les petits garçons[71] vont rire et jouer, toujours tu pleureras les jours de pluie parce qu'on ne t'emmènera pas aux Champs-Élysées où tu joueras avec une petite fille[72] que tu aimeras et qui te battra, et les jours de soleil où vous vous verrez tu resteras triste de la trouver moins belle[73] qu'aux heures de la matinée où seul[74] dans ta chambre tu attendais le moment[75] de la[76] voir. » Gilberte était un petit garçon, et donc par prudence il

70 *Recherche*, t. I, p. 388-389.
71 Var. : les *petites filles*.
72 Var. : *un petit garçon*.
73 Var. : de *le* trouver moins *beau*.
74 Var. : *seule*.
75 *le moment* : ajout interlinéaire.
76 Var. : *le*.

était envisagé que le personnage fût une petite fille. La brutalité du camarade aux Champs-Élysées deviendra, adaptée et atténuée, dans *Du côté de chez Swann*: « Gilberte qui était peut-être déjà aux Champs-Élysées, et dès que j'arriverais me dirait: "Commençons tout de suite à jouer aux barres, vous êtes dans mon camp" »[77].

Le conte ancien livrait l'épisode vécu, qui sera recouvert par l'invention romanesque.

À la fin de *La Fugitive* ou *Albertine disparue*, le héros séjourne à Tansonville chez Gilberte mariée à Saint-Loup. En promenade autour de Combray, il découvre que les deux « côtés », de Méséglise (ou de chez Swann) et de Guermantes, n'étaient pas si inconciliables: « je me rappelle que dans ces conversations que nous avions en nous promenant, plusieurs fois elle m'étonna beaucoup. L'une, la première en me disant: "Si vous n'aviez pas trop faim et s'il n'était pas si tard, en prenant ce chemin à gauche et en tournant ensuite à droite, en moins d'un quart d'heure nous serions à Guermantes" »[78].

Le côté de Guermantes est appelé, dans les anciens brouillons, le côté de Villebon, ce qui situe la scène dans les sites réels autour d'Illiers. Mais une esquisse allait plus loin ici: « Je [*suis*] étonné d'apprendre par mon mécanicien qu'en prenant à droite de Chartres la route de Nogent-le-Rotrou puis en tournant deux ou trois fois à gauche on arrive au château de Villebon. C'est pour moi comme si on me disait qu'après avoir pris un premier chemin et un second chemin on arrive au pays des rêves. »

---

77 *Recherche*, t. I, p. 389.
78 *Ibid.*, t. IV, p. 268.

L'ancêtre de Gilberte est ici Alfred Agostinelli. Le chauffeur de Proust qui, partant de Cabourg, le menait jusqu'à Caen, ce qui a nourri en 1907 l'article « Impressions de route en automobile » (transposé en 1913 dans l'épisode des clochers de Martinville de *Du côté de chez Swann*), est censé ici promener le héros devenu adulte aux alentours d'Illiers devenant bientôt Combray.

La cage du cardinal La Balue

Le héros des *Jeunes filles en fleurs* affronte, dès son arrivée au Grand Hôtel de Balbec, l'épreuve de la nouveauté pour lui inhospitalière de sa chambre, d'où résulte une comparaison historique et pittoresque : « J'aurais voulu au moins m'étendre un instant sur le lit, mais à quoi bon puisque je n'aurais pu y faire trouver de repos à cet ensemble de sensations qui est pour chacun de nous son corps conscient, sinon son corps matériel, et puisque les objets inconnus qui l'encerclaient, en le forçant à mettre ses perceptions sur le pied permanent d'une défensive vigilante, auraient maintenu mes regards, mon ouïe, tous mes sens, dans une position aussi réduite et incommode (même si j'avais allongé mes jambes) que celle du cardinal La Balue dans la cage où il ne pouvait ni se tenir debout ni s'asseoir »[79].

On nous dit[80] que si le cardinal La Balue fut enfermé sur ordre de Louis XI au château de Loches, les historiens doutent que ce fût dans une cage de fer.

---

79 *Ibid.*, t. II, p. 27.
80 Voir *ibid.*, p. 1352, note 1 à la p. 27.

Proust quant à lui n'avait pas lieu d'en douter, car il reçut en 1906, au 102 boulevard Haussmann, une carte postale (voir cahier iconographique, fig. 3) venant de Loches (Indre-et-Loire) prétendant montrer la « reproduction authentique de la véritable cage de fer et de bois, dans laquelle Louis XI fit enfermer le Cardinal La Balue au Donjon. Cette cage fut détruite et brûlée dans le feu de joie du 14 juillet 1791 ».

À l'ombre des jeunes gens en fleurs

Lors de l'un de ses séjours à Cabourg, Proust composa, sur papier à en-tête du Grand Hôtel (voir cahier iconographique, fig. 4), une ode à un groupe de jeunes golfeurs comprenant Marcel Plantevignes (1889-1969), auteur d'un épais livre de souvenirs, *Avec Marcel Proust*[81]. Dans une émission enregistrée le 23 mars 1966, Plantevignes affirmait avoir suggéré à Proust le titre *À l'ombre des jeunes filles en fleurs*. Proust avait rencontré ce petit groupe durant l'été 1908. Une lettre d'avril 1918 à Charles d'Alton en réveille le souvenir filtré par la guerre : « Je ne sais plus rien de Cabourg, n'ayant pas quitté Paris depuis trois ans et demi. Ou plutôt Foucart vient à chaque permission, et c'est Cabourg encore. Guy Delaunay, Pierre Parent, Wessbecher m'ont donné quelquefois de leurs nouvelles. Vous avez su sans doute que le pauvre Marcel Plantevignes a été mourant ; après deux ans passés entre la vie et la mort, il va paraît-il

81 Paris, Nizet, 1966.

assez bien »[82]. Proust notait en 1908 dans le carnet 1 : « Mieux d'aimer ce qui est du pays, Plantevigne, Foucart »[83].

Délaissant pour un mois les dames du Faubourg
Ce soir je pense à vous, jeunes gens de Cabourg,
Qui quelque jour peut-être aimeront plus d'un livre
De moi, lorsque j'aurai déjà cessé de vivre !
Sous ces noms inconnus, Gobert[84] ou Delaunay[85],
Qui de nous sait si un poète n'est pas né,
Ou quelque esprit ami, qui dans mes pages brèves,
Quand je ne serai plus, démêlera mes rêves !
Qui sait si l'avenir, sous vos faces rieuses,
Ne cache pas de grandes choses sérieuses
Et si de ces golfeurs, agrandi par l'amour,
Ne se détachera pas un poète, un jour !

D'abord (j'ai mes défauts si vous avez les vôtres)
Je ne pouvais vous distinguer les uns des autres !

---

82 *Correspondance*, t. XVII, p. 173.

83 *Carnets*, p. 41.

84 Une lettre à André Foucart de juillet 1918 (*ibid.*, p. 328), évoquant Cabourg et ses environs, mentionne une Mlle Gobert, sans doute de la même famille. Une autre missive, d'août 1919, mentionne « Foucart, ami de Gobert, que vous avez vu chez moi ou plutôt chez vous » (*ibid.*, t. XVIII, p. 373).

85 Ni Gobert ni Delaunay ne sont évoqués dans le livre de souvenirs de Marcel Plantevignes. Il s'agit de Guy Delaunay, sans doute le fils de Paul Delaunay, qui avait une propriété à Cabourg, « L'Alcyon ». Il est mentionné en 1908 dans le carnet 1 (voir *Carnets*, p. 93).

Entre tous les Parent[86], les Donon[87], les Foucart,
Ou bien les Delaunay, semblait mince l'écart,
Ét je me demandais quel infaillible signe
Pourrait bien distinguer Gobert de Plantevigne.
Comme à l'automne on voit tant et tant d'hirondelles
Se joindre, consulter en agitant leurs ailes
Ainsi tous rassemblés en groupes peu modestes
Vous poussiez de grands cris, en faisant de grands gestes !
Et comme les Romains croyaient teutons les Cimbres,
Pardonnez-moi je crus à quelque bourse aux timbres !
Puis les mots, criés forts, de golf, de championnat
Me donnèrent le sens vrai de ce pensionnat.
À son rouge sarrau je connus Plantevigne,
Que son si joli nom au souvenir désigne.
Foucart a l'air chercheur, Parent l'air sarcastique.
Parfois Delaunay seul et plus mélancolique
Au visage d'une pureté très classique
Un peu sèche à mon sens (oui, mais ce qui vaut mieux
Une dame fort bien lui trouve de beaux yeux)
Se promenait ainsi qu'en Grèce un jeune sage.
Un long reflet pensif éclairait son visage.
Hier à la mascotte il rivait sa jumelle

---

86 Pierre Parent (1883-1964), qui sera ingénieur en chef des mines ; voir une lettre d'octobre 1908 (t. VIII, p. 244). Il est plusieurs fois mentionné dans le carnet 1, en 1908 (voir *Carnets*, p. 45, 55, 98 et 100).

87 Ce nom n'est mentionné nulle part.

Sur une actrice affreuse et qui lui semblait belle ;
Et si j'en ai souri qu'il me pardonne vite,
Qu'il se moque de mon manteau, nous serons
quitte !
Mais je ne voudrais pas de son ressentiment
Parce que ses deux sœurs, aux figures si belles[88].

« D'abord… Je ne pouvais vous distinguer les uns des autres. » Le narrateur des *Jeunes filles* notera, à l'arrivée sur la plage de la petite bande : « à vrai dire, je les voyais depuis si peu d'instants et sans oser les regarder fixement que je n'avais encore individualisé aucune d'elles »[89]. Delaunay qui « se promenait ainsi qu'en Grèce un jeune sage » annonce la question éperdue du narrateur voyant se détacher les jeunes filles sur la mer : « Et n'était-ce pas de nobles et calmes modèles de beauté humaine que je voyais là, devant la mer, comme des statues exposées au soleil sur un rivage de la Grèce ? »[90].

C'est sur une même feuille de papier à en-tête du Grand Hôtel de Cabourg que Proust esquisse les propos de Saint-Loup (Montargis à cette époque de rédaction) sur les Guermantes et leur château[91].

La géographie de Balbec : à chacun sa place

Sur six plans différents, Proust a dessiné la courbe d'un bord de mer en y accrochant, serrées les unes contre

88 La fin manque.
89 *Recherche*, t. II, p. 148.
90 *Ibid.*, p. 149.
91 Voir *ibid.*, t. II, p. 114.

les autres, les localités autour de Balbec (voir cahier iconographique, fig. 5). Rivebelle y trouve plusieurs localisations, mais de toute façon détachées du groupe pressé des autres. Des notes numérotées rappellent au romancier la fonction de quelques-unes, telle Parville « où Albertine m'accompagne quelquefois », Maineville « où elle habite », La Sogne « où habite Elstir ».

Balbec plage se trouve à l'extrémité de cette ligne, Balbec le Vieux à l'autre bout, et à mi-distance entre les deux se situe Doncières. Cottard habite à Doville, les Chevreny à Épreville ; La Raspelière et les Cambremer se trouvent à Égleville. La Sogne, Maineville et Parville sont toutes proches, Parville « jusqu'où va quelquefois Albertine pour m'accompagner ». Il est précisé qu'à Saint-Mars-le-Vieux habite le baron de Charlus.

Dans la version publiée du roman, ces localités seront mentionnées comme autant de stations du petit train d'intérêt local, sans préciser toujours la répartition des personnages du roman.

La tomaison des volumes de la *Recherche*

Aujourd'hui, nous lisons *À la recherche du temps perdu* en sept volumes. Il n'en fut pas ainsi au moment de la publication – et encore moins au moment de l'élaboration du cycle romanesque. *Du côté de chez Swann* devait être immédiatement suivi de : *Le Côté de Guermantes*, dans l'édition programmée chez Bernard Grasset ; et les dernières parutions du vivant de Proust fractionnent les volumes, *Le Côté de Guermantes II-Sodome et*

Gomorrhe I paraissant ensemble en 1921, *Sodome et Gomorrhe II* en 1922. C'est après la mort de Proust que le cycle romanesque fut redisposé en ses sept volumes correspondant aux titres, et l'on a pu soutenir[92] que le chiffre sept ainsi obtenu (correspondant symboliquement au septuor de Vinteuil) était artificiel et posthume par rapport aux intentions de Proust, qui aurait conçu un plus grand nombre de volumes.

Plusieurs correspondantes inédites, entre Proust et ses éditeurs Grasset puis Gallimard, amènent à nuancer ces acquis.

D'une part, l'idée admise aujourd'hui est que Proust aurait été *contraint* par Bernard Grasset d'amputer son premier volume, *Du côté de chez Swann*, de quelque deux cents pages afin de conserver à ce tome de la *Recherche* une dimension acceptable. On pourrait penser ainsi par exemple quand le romancier appelle, dans une riche lettre à Jacques Rivière du 6 février 1914, les dernières pages « cette parenthèse sur le Bois de Boulogne que j'ai dressée là comme un simple paravent pour finir et clôturer un livre qui ne pouvait pas pour des raisons matérielles excéder cinq cents pages »[93]. Pendant la fabrication du volume, une lettre, écrite à Bernard Grasset au début de juin 1913, mentionnait néanmoins déjà « la crainte que nous arrivions à la fin d'un volume de dimensions formidables sans que la matière du premier tome soit achevée. Or non seulement ce serait très ennuyeux ; mais

---

92 Voir Nathalie Mauriac Dyer, « Le cycle de *Sodome et Gomorrhe* : remarques sur la tomaison d'*À la recherche du temps perdu* » (*Littérature*, n° 92, 1988, p. 62-71).

93 *Correspondance*, t. XIII, p. 99.

si c'est inévitable, il y a avantage à le savoir parce que cela modifiera forcément les titres des parties etc., l'économie totale se trouvant modifiée pour que l'équilibre ne soit pas rompu »[94].

Ainsi, la réalité est un peu différente. La question s'est réglée avec Bernard Grasset durant la première quinzaine de juillet 1913[95]. Le 2 juillet, Grasset répond à Proust :

> « Je comprends très bien l'objection soulevée par vos amis : il est évident qu'un livre de 700 pages est de circulation assez difficile, mais d'autre part, il faut qu'un livre soit "un livre", c'est-à-dire une chose complète, se suffisant à elle-même. Le problème de la "fragmentation" ne peut donc être résolu que par vous-même, et l'avis que je vais vous donner sur les deux solutions que vous me soumettez est donc évidemment subordonné à cette question de fragmentation que vous seul pouvez résoudre.
>
> 1° solution. *Tirer du volume de 700 pages, deux volumes de 350 pages, vendus ensemble*[96].
>
> Cette solution ne me satisfait pas du tout ; elle présente en effet le même inconvénient de *matière*, et cet autre obstacle à la circulation, que le prix de

94 *Ibid.*, t. XII, p. 189-190.

95 Question qui avait été soulevée dès février 1913, comme le montre une lettre adressée à Grasset (*ibid.*, t. XII, p. 98-100).

96 Les lettres écrites à Proust par Bernard Grasset étant restées jusqu'ici inconnues, on peut comprendre que Proust s'ouvre de cette proposition dans une lettre qu'il adresse, au même moment, à Louis de Robert qui a été son intercesseur : « Le volume n'aura pas huit cents pages, mais environ six cent quatre-vingts. Si vous y attachez une énorme importance, je me résignerai peut-être à le couper pas tout à fait au milieu et à le faire de cinq cents pages environ » (*ibid.*, p. 217-218).

la même matière est alors de 7 frs. Au lieu d'être de 3,50. J'ajouterais qu'il est tout à fait hors d'usage actuellement de vendre des œuvres en plusieurs tomes, quand le premier tome ne constitue qu'un commencement, et que le second tome est la suite *nécessaire* du premier.

Cette fragmentation en deux livres de 350 pages serait possible, si les deux livres n'étaient pas vendus ensemble, solution qui n'est possible que si chacun des livres se suffit à lui-même ; évidemment, si cette condition pouvait être réalisée, la solution des deux livres de 350 pages, serait celle à laquelle nous devrions nous arrêter.

2° *Établir trois livres de 500 pages, le premier étant constitué par les deux tiers du volume de 700 pages ; le second par un tiers du premier et un tiers du second, et le 3e par les deux derniers tiers du second*[97].

C'est à mon avis la solution à laquelle nous devrons nous arrêter si la fragmentation en quatre livres de 350 pages, *de circulation séparée* n'est pas possible, mais ici encore, c'est vous qui devez rester juge, pour la raison que je vous donnais plus haut.

En résumé, cher Monsieur, j'estime que la vente conjointe de plusieurs tomes est une solution impossible ; tout le problème réside dans

97 Dans la seconde quinzaine de mai 1913, Proust, en renvoyant les épreuves du premier volume, avait donné cette précision : « Le livre s'appellera : *Du côté de chez Swann* pour le premier volume. Pour le second probablement : *Le Côté de Guermantes*. Le titre général des deux volumes : *À la recherche du temps perdu* » (*ibid.*, p. 176).

la fragmentation en tomes, contenant chacun un nombre de pages aussi voisin que possible de trois à quatre cents, et de circulation séparée »[98].

Il résulte du début de la lettre que le raccourcissement de *Du côté de chez Swann* a été envisagé à l'initiative de Proust (à l'instigation de son entourage, qui se résume peut-être à Louis de Robert). La lettre suivante de Bernard Grasset, datée du 12 juillet 1913, fait apparaître que Proust a choisi la seconde solution :

« Donc, suivant ce qui m'a été dit par téléphone, vous adoptez la solution des 3 livres de 500 pages[99]. C'est évidemment une des bonnes solutions.

J'ai écrit aujourd'hui même à mon imprimeur, pour qu'il m'envoie la mise en page de la feuille 45, comme vous me l'avez fait demander.

Il est donc entendu que vous me renverrez corrigées les 500 premières pages destinées à constituer notre premier livre, après y avoir fait

---

98 Toutes les expressions soulignées le sont par Bernard Grasset.

99 Mais Louis de Robert avait incité Proust, au même moment, à choisir la première solution, la moins bien agréée par Grasset : « j'insiste de la façon la plus pressante : *faites deux volumes de 350 pages*. Ce ne seront pas des petits volumes, comme vous dites, mais des volumes déjà très compacts et lourds et si riches ! » (*ibid.*, p. 219 ; voir aussi p. 239). Dans une lettre à Grasset toute voisine de celle de Grasset que nous lisons ici, puisqu'il y est également question du 45e placard auquel s'arrêter, Proust semble encore ne songer qu'à ne pas dépasser les 700 pages : « je vois maintenant que j'ai reçu toutes les premières épreuves, que le volume aurait plus de 700 pages, chiffre que nous avons dit ne pas pouvoir dépasser. Je vais donc être obligé de reporter au commencement du deuxième volume ce que je croyais la fin de celui-ci (une bonne dizaine de placards). Mais vous êtes vous-même trop un artiste, pour ne pas comprendre qu'une fin n'est pas une simple terminaison et que je ne peux pas couper cela aussi facilement qu'une motte de beurre » (*ibid.*, p. 233).

toutes les modifications destinées à en assurer l'unité. »

Par ailleurs, le fractionnement de *Sodome et Gomorrhe* entre la suite de *Le Côté de Guermantes* et les trois volumes de l'année suivante ne répond pas nécessairement à un projet esthétique raisonné, de la part de Proust, comme on a pu parfois le prétendre. C'est ce que suggère le témoignage capital (nous le soulignons) contenu dans une lettre de Gaston Gallimard à Robert Proust datée du 26 mars 1923, et proposant de réunir dans une seule section tout ce qui appartient à *Sodome et Gomorrhe* :

> « Sans doute savez-vous maintenant dans quelles conditions et avec quelles difficultés matérielles s'est faite l'impression des œuvres de Marcel. Étant donné sa façon de travailler, cette refonte complète de son œuvre, au cours même de la fabrication, il était impossible de prévoir au moment de mettre un livre en composition, quelle serait sa densité, son nombre de pages. »

Aussi est-il proposé d'harmoniser le tout :

> « Nous ne changerions rien pourtant aux grandes divisions de l'ouvrage [...]. Je vous proposerai seulement de composer le tome qui comprend *Guermantes II* sans les premières pages de *Sodome et Gomorrhe* qui seraient incorporées avec la suite de cette partie de l'ouvrage.

> *Marcel avait parfois regretté d'avoir joint ces pages aux précédentes*[100]. En effet ce regroupement est arbitraire. Il a pu avoir sa raison pour indiquer la liaison entre toutes les parties de l'œuvre, mais aujourd'hui cette continuité est assez connue pour qu'il me paraisse raisonnable et conforme aux désirs de l'auteur de revenir à une édition plus rationnelle. Bien des lecteurs se plaignent de ne pouvoir mettre entre toutes les mains un livre qui sans cela pourrait l'être. Il en résulte en outre une complication pour les titres qui n'est pas sans créer de la confusion et nuire à la vente. »

La raison morale est à noter, de rendre son autonomie lisible au troisième volume de la *Recherche*, *Le Côté de Guermantes*. Mais apparemment dans des conversations ou des lettres perdues, Proust, passé le premier souci de faire comprendre qu'il ne s'agissait jamais de romans indépendants, mais de sections à lire en continuité, était loin de tenir à la solution adoptée en 1921-1922. L'unification en sept volumes ne résulte pas d'une décision purement posthume, et trahissant ses intentions et son esthétique.

Les cris de Paris

Un document pittoresque a été conservé (voir cahier iconographique, fig. 6). Il révèle que, pour composer le fameux passage de *La Prisonnière* où le héros et

---

100 Nous soulignons.

Albertine entendent, depuis l'appartement, les divers cris des marchands des rues[101], Proust a dépêché son concierge pour en écouter et les relever. La signature du concierge, A. Charmel, permet de dater cette enquête de l'époque où Proust, chassé du boulevard Haussmann, réside chez Jacques Porel, le fils de l'actrice Réjane, 8bis rue Laurent-Pichat, du 31 mai au 1er octobre 1919. Charmel est nommé dans une lettre à Jacques Porel du 23 septembre[102], et Porel lui-même l'évoque dans ses Mémoires comme « un concierge octogénaire et teint en blond qui avait l'air d'un vieux marquis tombé dans la dèche »[103]. Dans la *Recherche*, Charmel est le nom du valet de pied du baron de Charlus[104], qui voudrait bien attribuer ce nom à Morel[105]. Voici ce que disent ces notes :

> Avec un harmonica ou un flutiau jouant des airs de son pays passe le chevrier
>
> La valence, la belle valence, la fraîche orange
>
> Voici Monsieur quelques-uns des cris les plus usuels et dont j'ai pu me rappeler, regrettant de ne pouvoir vous donner les airs et l'intonation pour ainsi dire inimitable qui caractérisent ces cris. Il y a encore le repasseur qui passe avec une cloche en criant Couteau, ciseaux, rasoirs.
>
> Le repasseur de scies qui se contente de crier – Avec des scies à repasser v'la le repasseur.

101 *Recherche*, t. III, p. 624-626.
102 *Correspondance*, t. XVIII, p. 401.
103 Jacques Porel, *Fils de Réjane, souvenirs*, t. I, Paris, Plon, 1951, p. 331.
104 Voir *Recherche*, t. II, p. 847.
105 *Ibid.*, t. III, p. 449.

Je suis content de pouvoir vous adresser ces quelques notes et vous prie d'agréer Monsieur avec tous mes remerciements mes salutations empressées.

A. Charmel.

Différents cris de Paris
Tonneaux, V'la le chaud de tonneaux!
Vitri-er (bis)
À la moule fraîche et bonne àhhh la moule
V'la le maquereau frais V'la le maquereau
Merlan à frire, à frire
J'ai du bon mourron pour les p'tits oi-seaux
Harchands d'habits, chiffons, ferraille à vendre
avec une crécelle Amusez-vous Mesdames, y a là le plaisir
Avec une corne Avez-vous des chaises à canner à rempailler, v'la le rempailleur
Avec une trompette Tond les chiens, coupe les chats les queues et les oreilles
Bon fromage à la crème bon fromage
Ah la tendresse à la verduresse Artichauds verts et tendres, artichauds
Pois verts, pois verts, au boisseau pois verts
Haricots verts et tendres Haricots
Avec une trompette Raccommodeur de faïence et porcelaine
Je répare le verre
le marbre et le cristal
l'or l'ivoire l'albâtre
et objets d'antiquité
Voilà le réparateur

Le héros, « Marcel » et Proust

Le rapport problématique entre le héros de la *Recherche* et Proust a suscité beaucoup d'analyses et de réflexions. Le romancier lui-même accentue cette interrogation en faisant appeler son héros Marcel dans quelques passages de *La Prisonnière*[106], assortis de cette concession ambiguë : « ce qui, en donnant au narrateur le même prénom qu'à l'auteur, eût fait », qui retire l'information tout en la donnant. Le lecteur est encore déconcerté par une note manuscrite, dans *Le Temps retrouvé*, apposée à la phrase : « J'avais eu de la facilité, jeune, et Bergotte avait trouvé mes pages de collégien "parfaites" »[107], note semblant détonner dans une autobiographie *fictive* : « Allusion au premier livre de l'auteur, *Les Plaisirs et les Jours* ».

Un papier esquisse dans le même sens la conversation entre le marquis de Norpois et la marquise de Villeparisis, entendue à leur insu par le héros à Venise, dans *La Fugitive*, sur un ministre et Salviati[108] :

> Il y avait chez lui un écrivain français qui a comparé d'Annunzio voulant relier ces morceaux épars de l'Italie à Dante et même à Virgile. Il a fait un pastiche très réussi de Virgile où Énée passe à Fiume et évoque d'Annunzio. Cet écrivain s'appelle Marcel, je ne me rappelle plus le nom.

106 Voir *ibid.*, t. III, p. 583 et 663.
107 *Ibid.*, t. IV, p. 618.
108 Voir la scène équivalente (mais sans la mention du héros) dans le t. IV, p. 209-218.

Mourir

Une esquisse destinée à la fin du *Temps retrouvé* désigne le « morceau mourir » que l'on va lire comme *capitalissime*, « quand je parle des idées que j'ai et que je dois loger dans un livre avant de mourir » :

> Mourir ? Mais cette idée elle-même que je vais mettre dans le livre où elle restera, n'est-elle pas une part de moi-même. Donc cette part-là ne mourra pas. Or n'est-elle pas la plus importante puisque c'est à elle qu'a abouti toute mon expérience familiale, amoureuse, mondaine [109] ; sans doute dans le livre le lien sera rompu qui existe maintenant entre elle et la conscience que j'ai d'être malade, de dormir mal, d'être volage en amour. Mais ne me suis-je pas rendu compte par Bergotte que tout cela n'a pas d'importance, n'ai-je pas essayé de m'en dégager pour former ces idées, et au contraire ne puis-je pas craindre qu'elles en portent plus trop que trop peu la marque.

---

109 Var. : mondaine, *philosophique*.

TABLE DES MATIÈRES

AUX SOURCES DE
LA *RECHERCHE DU TEMPS PERDU*,
par Luc Fraisse

CET OUVRAGE
A ÉTÉ ACHEVÉ D'IMPRIMER
SUR ROTO-PAGE
PAR L'IMPRIMERIE FLOCH
À MAYENNE EN SEPTEMBRE 2019

N° d'édition : 887
N° d'impression : 94931
Dépôt légal : septembre 2019

Imprimé en France